Et cétéra !

©2021. EDICO
Édition : JDH Éditions

77600 Bussy-Saint-Georges. France
Imprimé par BoD – Books on Demand, Norderstedt, Allemagne

Réalisation graphique couverture : © Cynthia Skorupa

ISBN : 978-2-38127-132-3
Dépôt légal : avril 2021

Le Code de la propriété intellectuelle n'autorisant, aux termes de l'article L.122-5.2° et 3°a, d'une part, que les copies ou reproductions strictement réservées à l'usage privé du copiste et non destinées à une utilisation collective , et d'autre part, que les analyses et les courtes citations dans un but d'exemple et d'illustration, toute représentation ou reproduction intégrale ou partielle faite sans le consentement de l'auteur ou ses ayants droit ou ayants cause est illicite (art. L. 122-4).
Cette représentation ou reproduction, par quelque procédé que ce soit constituerait une contrefaçon sanctionnée par les articles L. 335-2 et suivants du Code de la propriété intellectuelle.

Denis Morin

Et cétéra !

Roman épistolaire

JDH Éditions
Nouvelles pages

À Pauline Bernier, ma mère

*À Béatrix Delarue et à Lorraine Lapointe,
mes amies écrivaines*

À Jean-Michel Blais, compositeur et pianiste

Personnages

Famille Binocz

Madame Barbara Binocz : mère de Tadeusz Binocz.
Tadeusz et Sofia Binocz : parents de Julien Binocz.
Jakub et Florian Binocz : frères de Tadeusz Binocz.
Julien Binocz : notaire, mari de Neige Dénommé.
Christophe Binocz : fils de Neige Dénommé et de Julien, animateur culturel, vit à Gaspé, au Québec.
Philippe Binocz : fils de Neige Dénommé et de Julien.
Simone Binocz : fille de Neige Dénommé et de Julien, cinéaste, vit à Vancouver.

Famille Boisjoli

Blanche Boisjoli : Québécoise vivant en France, enseignante, pianiste.
Charles Boisjoli : cousin de Blanche Boisjoli.
Hubert Boisjoli : frère de Blanche, comédien.
Léon Boisjoli : frère de Blanche, médecin retraité.
Marthe Boisjoli : sœur de Blanche.
Thomas Boisjoli et Berthe Surprenant : parents de Blanche Boisjoli.

Famille Dénommé

Auguste et Eugénie Dénommé : parents adoptifs de Neige Dénommé.
Jérôme et Marie Dénommé : oncle et tante de Neige Dénommé.
Neige Dénommé : écrivaine et traductrice vivant au Québec, à Trois-Montagnes, dans les Laurentides.

Pierre Dénommé : frère de Neige Dénommé.
Rose Dénommé : sœur de Neige Dénommé.
Sœur Catherine de Sienne : sœur de la Congrégation de Notre-Dame, enseignante, cousine d'Auguste Dénommé.

Les autres

Madame Flaherty : maîtresse de poste.
James Fraser : fiancé de Blanche Boisjoli, pianiste de jazz, ayant vécu à Rivière-du-Loup et à Valcourt Valley, village-frontière Québec-Maine.
William Fraser : oncle de James Fraser.
Madame Le Songeur : fleuriste.
Maître Bolduc : notaire.
Madame Jubinville : secrétaire de Julien Binocz.
Bernard Lacasse : policier retraité, ami de James, futur voisin de Blanche.
Maire Pomerleau : maire de Valcourt Valley, côté Québec.
Fabrice et Berthe Samuel : nouveaux propriétaires de la maison de Blanche à La Chute de la Mariée.

Trois-Montagnes, ce 9 avril 2020

Ce matin-là, Julien Binocz plie le journal qu'il vient de lire, de parcourir de long en large, de l'éditorial aux cotes de la Bourse et aux avis de décès. Rien n'échappe à l'œil du notaire qui préfère de loin le papier au numérique. Il consulte les courriels les plus pressants. Pour les autres, sa secrétaire y répondra, parfois aussi son épouse, Neige.

D'ici quelques minutes, Julien montera dans sa voiture, gagnera l'autoroute, direction Saint-Jérôme, à la limite entre les Basses et les Hautes-Laurentides.

De son côté, Neige troquera la robe de chambre pour un chemisier pourpre et une jupe ample noire. Elle veut être à son aise. Elle revêt souvent un vêtement de couleur contre le noir pour vitaminer sa journée. Cette année, l'hiver est interminable, même si le printemps est déjà inscrit au calendrier. Deux piles de documents l'attendent. À gauche, des textes à traduire forment une bonne pile, et à droite, une ébauche de roman est contenue dans un cahier.

À propos de cet hiver qui ne veut quitter, son mari lui répète souvent :

— Les fleurs dorment sous cette ouate blanche. Ne l'oublie pas, Neige.

Cette remarque la fait sourire à chaque fois qu'on lui rappelle qu'elle est née en pleine tempête. Elle lui réplique en silence par un clin d'œil et un léger haussement d'épaules.

« À quoi bon ? Il a toujours raison ! », pense-t-elle.

~

De fait, Julien contrôle si bien les situations que le fils aîné a quitté le foyer familial en plein délire psychotique. Il criait qu'il allait pourfendre les eaux de la rivière derrière la maison. Noyade. La puînée s'est exilée à Vancouver pour fuir ce père étouffant. Elle ne parle qu'une fois la semaine à sa mère sur Skype, moment où les deux femmes respirent enfin. Pour le cadet, il joue à l'animateur culturel en Gaspésie, photographie des orignaux dans la Matapédia et des oiseaux de mer sur la côte. Les affaires du père l'indiffèrent totalement. Les réconciliations se feront plus tard, si elles ont à se faire.

Quant à Neige, elle a trouvé remède à cette intrusion par le biais des livres à lire, à traduire et à écrire.

~

Revenons au présent. Julien ajuste fièrement sa cravate, ramasse son pardessus, son cartable, embrasse son épouse sur le front.

— Chéri, ramasse le courrier au village.
— D'accord. Je n'y manquerai pas.

L'intuition de Neige l'avise d'une surprise, d'un émoi comme s'il s'agissait d'un ancien amour croisé par hasard en sortant de la boulangerie. Elle relance son mari maintenant au bureau.

— Oui, oui, je passerai au bureau de poste, mais je suis dans un dossier complexe de succession. Je te laisse.
— À tantôt.

Julien raccroche, amusé tout de même par l'intuition soudaine de sa femme qui surgit comme une illumination.

~

Depuis le début de leur mariage, Julien et Neige tiennent chacun un carnet sur leur table de chevet respective. Neige note des images et des mots-clefs pour dénouer la mémoire. Julien écrit des choses à faire, des dossiers à traiter en priorité. Parfois, il arrache un feuillet pour dessiner une fleur qu'il tend à son épouse ravie. Elle abandonne momentanément sa lecture pour étreindre son mari. Mais au fil des années, les fleurs se sont fanées et le papier a jauni. Puis les enfants sont venus au monde, ont grandi, sont partis côté rivière, côté cour.

Neige surprend parfois Julien tenant d'une main la photo de famille des jours heureux et de l'autre un verre de whisky. Il pleure à chaudes larmes. Neige s'avance alors doucement. Elle prend la tête de Julien et l'appuie contre son ventre d'épouse et de mère. Elle lui murmure…

— L'amour, ça ne meurt jamais. C'est un bulbe qui tombe en dormance, mais qui se réveille et livre une fleur, grâce à un peu de chaleur.

Julien reprend son souffle à ce moment précis, embrasse la photo, pose le cadre sur son bureau avant de chuchoter sa gratitude.

— Merci d'être la femme de ma vie. Je ne te mérite pas.

~

Cet après-midi-là, Julien, curieux de savoir si le pressentiment de Neige était juste, part de son étude. Il referme les dossiers qu'il reprendra le lendemain, suggère à sa secrétaire de terminer plus tôt, si elle le souhaite. Les échéanciers, ça se repousse comme une page déchirée d'un agenda. Il se gare devant le bureau de poste, met un masque bleu, entre, se vaporise du gel pour stériliser ses mains, en bon citoyen respectueux des consignes sanitaires.

— Bonjour, Maître Binocz.

— Bonjour, Madame Flaherty. Juste des factures à payer, je suppose.

— Oui et non. Des factures, oui. Il y en a légion. Plus une lettre couleur lavande adressée à Madame Neige Dénommé, le nom de jeune fille de votre épouse.

La maîtresse de poste remet le courrier de sa main potelée, intriguée comme lui. Le notaire reprend la route. Il jette parfois un coup d'œil à cette enveloppe mauve qui pique sa curiosité. Il demeure confiant que Neige lui en partagera la lecture, du moins l'espère-t-il. Il n'aime pas demeurer face à l'inconnu. Julien, homme de rigueur et de savoir, apprécie la maîtrise des informations. Son expertise légale est reconnue jusqu'à Montréal, Trois-Rivières et Québec. On peut être notaire dans les Laurentides sans pour autant manquer d'envergure, de panache, comme si on exerçait « dans une grande ville ».

Quant à elle, Blanche commençait à se faire remarquer par son blog d'écriture. Son éditrice lui avait recommandé chaleureusement d'élargir ses horizons en fréquentant le monde virtuel et les réseaux sociaux. Des lecteurs potentiels finiraient par s'intéresser tôt ou tard à elle. Mais Neige disait parfois à ses enfants qu'elle leur préparait un trousseau littéraire futur. Sa fille Simone lui avait envoyé une toile d'un artiste haïda : un aigle pêcheur tenant dans ses serres un saumon, animaux en noir et blanc sur fond rouge. Son fils Christophe lui avait donné une photo de mer : vagues grises, jet d'eau blanche tel le souffle d'une baleine sur un ciel bleu. La toile et la photographie ornent le mur faisant face à son bureau. Julien n'aurait jamais osé convoiter l'une ou l'autre de ces œuvres pour son étude.

~

Voilà que Julien entre, dépose la liasse de factures sur son bureau pour départager les fournisseurs de son étude de ceux de la maison, puis il se verse un verre d'eau.

— Rien de spécial, Julien, au bureau de poste ?

— Madame Flaherty te fait part de ses amitiés. Rien, en fait, si, ceci !

Neige enlève la lettre des mains de Julien, remonte ses lunettes à monture azur, place une mèche de cheveux derrière son oreille droite.

— Chéri, l'ouvre-lettre.

Julien tend l'accessoire comme s'il était un technicien dans une salle de chirurgie. Neige s'assoit, pressentant une certaine gravité dans ce courrier. Des lecteurs lui avaient déjà écrit.

Au recto, Neige Dénommé, le tout tracé en lettres cursives légèrement inclinées vers la droite. Au verso, il y est écrit : casier postal 530, La Chute de la Mariée, France.

Julien brûle d'impatience. Neige insère la pointe de l'ouvre-lettre. Elle dépose le courrier.

— Mon beau Julien, va nous préparer un kir. Je l'ouvrirai en ta présence.

Le mari se précipite à la cuisine, sort le vin blanc et du sirop de cassis, renverse une bouteille sur le comptoir.

— Merci. Habile à manier les tenants et les aboutissants d'articles de loi, mais trop gauche pour tenir une bouteille ou un archet, marmonne-t-il.

— Chéri, tu t'en sors bien ?

— Tout est sous contrôle, ou presque, maugrée-t-il.

Neige sait qu'elle devra passer derrière lui tout à l'heure. Elle le faisait à l'époque pour les enfants. Julien lui apporte les deux coupes dont le délicieux breuvage s'agence à la lettre.

— J'ouvre.

Neige glisse l'instrument, extirpe la lettre.

— Qu'est-ce que ça dit ?

Elle remonte à nouveau ses verres, déplie la feuille blanche sentant la lavande, hume le papier pour faire rager Julien.

— Tu le fais exprès, ma douce.

— Eau de linge vaporisée sur ce papier. Ça me rappelle notre voyage en Provence.

Neige lit d'abord pour elle-même, puis, les yeux humides, elle susurre...

« Je vous aimerai toujours. »

— C'est quoi cette histoire ?

Julien sort ses lunettes, passe sa main dans sa chevelure bouclée, le regard dubitatif.

— Eh ! Eh ! Du calme ! Aux dernières nouvelles, j'ai un seul amant, mon amoureux depuis 40 ans.

— Tu reçois du courrier de la France avec une déclaration-choc, comment veux-tu que je me sente ?

— Mon mari, respirons profondément. Cette écriture raffinée est celle d'un homme cultivé, voire maniéré, sinon une femme.

— Ça ne règle rien pour l'instant.

— Moi, ça m'intrigue, chéri. Je compte initier une correspondance avec l'inconnu-e. Je plongerai dans le mystère.

Neige range l'enveloppe dans le tiroir de sa table de travail. Elle agite un index de gauche à droite. Interdiction qui oscille. Prière de ne pas insister.

— D'accord, je te laisse mener ta barque seule, mais avoue tout de même…

— Chut, Julien ! Ne va pas gâcher la magie de cet instant par ta logique de notaire.

Julien sourit, s'avouant momentanément vaincu devant la perspicacité de sa femme. Ils se refont un kir.

— Tchin-tchin, ma douce. Au Québec.

— Tchin-tchin, chéri. À la France.

∼

À la nuit tombée, Julien a soif d'explications, de réponses à ses pourquoi, à ses comment. L'imprévu et le doute ne lui vont pas bien, comme un veston trop court et un pantalon trop long. En homme de loi, tout est noir ou blanc. Les rares zones grises sont des notes de bas de page dans les documents légaux. Mais il sait pertinemment que les méandres de la rivière derrière la maison débordent de ses cadres, de ses schèmes mentaux, et qu'au printemps, tout dégèle et c'est le chaos. Des plaques de glace chorégraphient un itinéraire. La nature dehors, la nature humaine tout court, rien n'est fait pour vivre en damiers réguliers et symétriques. Julien a le gosier sec. Il se verse un verre de whisky, gagne le siège de Neige, assiège l'espace de travail de son épouse. Les mains de l'homme se crispent sur le rebord du secrétaire. Elles s'engourdissent, sa mâchoire se raidit. Une poussée au thorax le frappe. Il tombe à la renverse. Il tente de desserrer une main imaginaire qui lui broie le cœur. Manque d'air. Lumière blanche. Il aperçoit Philippe, son aîné bien-aimé, le noyé. Puis survient l'obscurité la plus complète. Neige crie dans la nuit.

~

Le lendemain, Neige passe chez une voisine chercher des fleurs, étrange bouquet composé de glaïeuls, d'iris, de lys. Madame Le Songeur cultive en son salon et dans une serre attenante à sa maison. Elle est devenue fleuriste par un concours de circonstances. Cette veuve fournit les églises de la région et le salon funéraire. En retour, elle ne demande que des prières.

— Est-ce que ça va aller, Neige ?
— Oui, oui, je suis chanceuse même dans le malheur. Je vous dois un chapelet. Mettez ça à mon ardoise.

Madame Le Songeur donne l'accolade à Neige comme si elle était sa propre fille en peine d'amour.

Neige sort de chez sa voisine, monte dans la voiture, conduit vingt minutes, se gare, entre dans un hôpital, gerbe de fleurs contre son sein, appuie sur un bouton. L'ascenseur arrive. Elle s'y engouffre, puis elle en sort au 3e étage.

— Madame, 3e porte à droite, devant vous. Il a été transféré d'unité.
— Merci.

Neige ne se retourne pas. D'ailleurs, elle ne se retourne jamais. Elle regarde en avant, résolument, ne niant pas le passé, mettant l'accent sur les bons souvenirs. Elle balance par-dessus l'épaule ou presque, du moins en apparence, les moments de souffrance, la médisance et les regrets.

Elle dépose le bouquet sur une table de chevet. Julien entrouvre les yeux.

— Je ne voulais pas te réveiller, chéri. Comme tu m'as fait peur, la nuit dernière. J'ai cru te perdre.

— Failli, mais tu n'es pas encore débarrassée de moi. J'ai vu notre fils aîné dans la lumière. Il me souriait avec la douceur de ton sourire, puis rideau noir. Et ton cri retentissant.

— Ne me fais plus jamais ça, Julien. Tu m'entends !

Neige lui tapote la joue, lui caresse le front, enroule les boucles blanches au haut du front de l'homme autour de son index.

— Va falloir que tu ménages les émotions de ton notaire de mari.

— Faudra que tu me laisses en toute confiance marcher, déambuler à ma guise dans mon jardin secret.

— Message compris.

— Dès ton retour à la maison, une coupe de vin rouge au souper, mais verre de lait chaud pour calmer l'insomnie. Plus de pause whisky, aussi.

Julien bise la main de sa femme pour marquer son consentement. Par la suite, Neige va chercher un vase au poste de garde.

— Julien, les vases se fracassent par jalousie ou se fleurissent comme maintenant avec toute notre tendresse. Je préfère la deuxième option.

— Message compris aussi.

— Ton médecin t'accorde la sortie dans trois jours. Je serai là. En attendant, tu écoutes les recommandations.

Elle reboutonne son manteau, lui envoie un baiser du bout des doigts, puis ne se retourne pas. Julien la voit disparaître dans le corridor. Il contemple les fleurs, en particulier un iris aux pétales d'un bleu sombre similaire aux remous de la rivière. Il s'endort et se met à converser avec son aîné, car ils ont tant de choses à se dire.

Trois-Montagnes, ce 15 avril 2020

Bonjour,

Merci de votre courrier, si bref mais combien doux. Je ne sais quoi vous écrire. Vous semblez me connaître depuis longtemps. À qui suis-je en train d'écrire ? Un admirateur dans l'ombre, une lectrice passionnée de mes livres, un journaliste en mal de devenir écrivain ? Bien des critiques sont en fait des artistes frustrés, brimés par on ne sait quelle censure dans l'expression d'eux-mêmes.

Or, ma curiosité d'artiste me pousse justement à amorcer cette correspondance avec vous.

Voyons ce qui nous rassemble et découvrons nos affinités, s'il y a lieu.

Comme le chantait Gilles Vigneault : « Perdrerais-je ma peine ? Perdrerais-je mon temps ? »

Au plaisir de vous lire, car la satisfaction l'est autant pour l'expéditeur que pour la destinataire. Je m'égare un peu.

À bientôt.

Meilleures salutations depuis le Québec.

Neige Dénommé

~

La Chute de la Mariée, ce 25 avril 2020

Neige,

J'accuse réception de votre lettre. Je savais que vous m'écririez. J'en aurais mis mes mains au feu, car vous êtes beaucoup trop curieuse sur la vie et les autres. Ces dix jours d'attente m'ont paru interminables. Selon moi, vous m'avez écrit le lendemain de la réception de ma lettre.

La poste canadienne est si lente, en comparaison à celle de la France. Il faut dire que chez vous, les territoires sont si vastes. On perd sa vie à voyager entre les régions.

Pour un temps, je ne vous dirai pas qui je suis. Vous devez vous abandonner. Libre à vous de présenter nos échanges à votre époux, si vous en avez un.

Mais d'aussi loin que je me souvienne, le fleuve Saint-Laurent était large à partir de Kamouraska. Il y avait environ 14 km entre les deux rives. Enfant, je disais que je voyais la mer. Mer bien illusoire, me direz-vous, mais de l'autre côté, c'est-à-dire Charlevoix, m'apparaissait comme la fin du monde, du moins le mien. Gamine, tout nous semble démesuré et infini. Voilà un premier indice.

Au fur et à mesure, vous me découvrirez. À suivre, si vous le voulez bien. Je ne vous contrains à rien, mais je vous suggère de poursuivre cet échange épistolaire.

Mes pensées vont vers vous.

C. P. 530

~

Quelques jours plus tard, Neige reçoit une lettre. Elle l'ouvre soigneusement, constate la même graphie soignée. Elle se voit naviguant sur le fleuve après Kamouraska, entre Rivière-du-Loup et Saint-Siméon. Elle ne sait trop quoi penser.

— Neige, je t'apporte un kir ou du thé ? demande Julien.

— Tu disais... Excuse-moi, j'étais partie dans mes pensées.

— Quoi de neuf avec le correspondant-mystère ?

— Rien de neuf ou presque... Si, le Bas-Saint-Laurent comme lieu des origines. Pour le thé, prends celui aux pétales d'églantier dans l'armoire.

Trois-Montagnes, ce 5 mai 2020

Bonjour C. P. 530,

Le confinement planétaire nous oblige à la prudence. Je vous écris en ce moment portant des gants de coton blanc comme en portent les archivistes. Vous n'aurez pas mes germes. Je rigole. Mon mari Julien, en bon notaire de province, a ses entrées aux Archives nationales du Québec et à celles du Canada. Il ne possède aucune conviction politique. Il se veut neutre en tout, au point d'en être parfois aussi insipide qu'une eau plate laissée dans un verre au soleil. Lui et moi, nous vivons dans un village minuscule des Laurentides où il n'y a qu'une école francophone, une école anglophone, une église catholique, un temple protestant. Nous devons effectuer un trajet de 15 km pour les courses. Nous sommes entourés de fermes et de parcelles de forêt. Mais c'est d'une telle banalité, notre milieu, en comparaison au fleuve qui s'élargit avec une vision floue de l'autre rive et des envies folles d'estuaire. Le fleuve y connaît ses marées avec ses bélugas… Ça fait rêver, avouons-le.

Vous devriez m'informer de ce que vous connaissez de moi. J'éviterais ainsi les redites et les reformulations. Je ne suis pas noiseuse.

D'habitude, je lis entre les lignes et décèle même des intentions dans le blanc des marges. Quand je traduis, je capte l'essence du document à traduire et le transpose en français.

Pour l'écriture, tout se joue dans ma tête, entre rêve et réalité. Qu'est-ce qui est réel ? Qu'est-ce qui est fictif ? La création est-elle plus porteuse de sens que la vraie vie ? Pour mes écrits, les personnages frappent à la porte, puis me hantent, un peu à la manière de votre première lettre. Je ne m'y attendais pas. J'invite alors ces personnages à entrer ou je les laisse sur le seuil pour les observer un brin. Il arrive que l'esprit veuille une chose, mais que le corps soit pris aux affaires du quotidien. Le soir venu, un carnet reçoit les mots qui surgissent et je note.

Maintenant, assez parlé de moi. La balle est dans votre camp.

J'ai l'impression que nous en sommes dans la genèse d'une douce aventure, est-ce que je me leurre ?

Au plaisir de vous lire.

Neige Dénommé

~

À La Chute de la Mariée, des mains fines se versent du thé au jasmin fumant et odorant. Regard vers l'extérieur. Les fougères déploient leurs têtes de violon et le muguet frissonne sous le vent frais du printemps. Des tourterelles se sont bâties un nid à la jonction de deux branches d'un tilleul plus que centenaire.

Ce lieu s'imprègne d'un passé lourd et sordide. Au jardin, des nobles furent égorgés et le curé du temps royaliste fut déshabillé, fouetté et pendu, son visage offert à l'avidité des corbeaux. Tout ce beau monde avec leurs titres et leurs privilèges fut brûlé ensuite en d'immenses feux de joie comme à la Saint-Jean aux mains des paysans révoltés par la misère séculaire. Plus tard, cette longère à quelques lieues de Versailles fut occupée par des soldats de l'armée napoléonienne et à une autre époque par des officiers nazis traquant Juifs et résistants.

D'ailleurs, C. P. 530 a trouvé des lettres rédigées par des nobles en fuite et des officiers cuvant leur ennui avec du cidre ayant taché certains documents qui furent confiés à la bonne garde de la Bibliothèque nationale de France.

Puis le regard revient à l'intérieur de la pièce d'écriture. Les murs ont encaissé des coups, des pleurs, des supplications, des cris d'effroi. De fait, C. P. 530 vit très bien avec les fantômes rôdeurs. Les notes du piano ruissellent sur les murs. Apaisement mélodique pour ces âmes tourmentées, grâce à son clavier.

Du papier à lettres mauve et des feuilles blanches occupent le dessus du secrétaire. Les stylos sont rangés méticuleusement dans une écritoire. Le stylo vert annote les factures payées. Le stylo rouge corrige ou souligne l'urgence d'une pensée à développer. Le stylo noir lui jette le cafard, mais ça peut toujours servir… « Ça peut toujours sévir », pense-t-elle. Étrange lapsus. Son instrument d'écriture préféré demeure une plume fontaine dotée d'une pointe moyenne.

~

La Chute de la Mariée, ce 15 mai 2020

Chère Neige,

Je vous écris « chère », puisqu'il faudra utiliser cette épithète tôt ou tard. Avec vous, je serai en retard dans votre vie. J'ai raté bien des trains. Mieux vaut commencer maintenant, nous qui en sommes à l'aube d'une correspondance établie entre deux sessions de piano.

Oui, j'en joue. Je l'ai appris il y a longtemps au couvent chez les Sœurs de l'Enfant-Jésus de Chauffailles à Rivière-du-Loup. Je recevais un coup de règle pour les fausses notes et un « très bien, Mademoiselle, vous progressez » le reste du temps. J'ai continué, mais je n'ai jamais fait carrière. Je suis d'une timidité maladive. Je joue pour les absents, les morts, mais un public au parterre m'aurait terrifiée, donné la nausée, comme Brel qui vomissait sa vie avant tout tour de chant. J'ai joué Chopin à un amant assoupi sur le sofa. J'ai joué du Liszt pour mon frère Hubert, emporté trop tôt par la mort. J'ai joué entre mes quatre murs pour me rendre la solitude supportable.

Vous savez maintenant que je suis une femme.

Mes parents et les religieuses m'ont si souvent invitée à me taire au point qu'il m'est plus facile de me livrer derrière un clavier ou par écrit qu'à discuter pour discourir vainement.

Ce sera tout pour l'instant. Je vous écris, chère Neige, et je pleure comme rivière libérée de ses glaces.

À bientôt, j'espère.

C. P. 530

~

Après cette lettre, C. P. 530 se demande si cette correspondance n'est que pure folie, déraison ou souhait viscéral de renouer avec le passé, puisque les années passent et que les regrets creusent les rides.

D'ailleurs, C. P. 530, après la mort de son frère chéri, a accroché le foulard de soie pourpre qu'il lui avait acheté à Londres au coin de la glace. À chaque fois qu'elle se dessine un œil de chat, elle sourit en pensant à lui. Ce rituel lui fait du bien.

La bouilloire fumante lui rappelle l'heure du thé. Elle cachète la lettre qu'elle postera demain matin, juste après l'aube. Elle aime marcher par les rues sinueuses de sa commune, comme si elle y avait toujours vécu !

Malgré l'histoire terrifiante de la longère, elle avait eu un coup de cœur pour l'endroit. Rien d'autre à déclarer, si ce n'est que le souhait de recommencer à vivre pour elle-même.

C. P. 530 ferme les volets, sirote son Earl Grey, ses pensées voguent sur l'Atlantique, puis gagnent l'embouchure d'un fleuve.

~

Trois-Montagnes, ce 26 mai 2020

Chère Madame,

Mon mari Julien se voit rassuré, car C. P. 530 n'est pas un homme amoureux de retour dans mes parages. Je respire aussi de le savoir de meilleure humeur.

Vous et moi, nous avons aussi en commun l'amour du piano. J'en écoute en écrivant et en traduisant. Mon esprit ne s'égare pas dans les paroles des chansons. Par exception, il n'y a que Barbara qui mérite une attention particulière, à cause de sa voix, de la fluidité des notes sur le clavier et de la beauté des textes.

Je porte souvent du noir pour affiner ma taille, mais j'agrémente le tout d'un chemisier fleuri, d'une écharpe.

Aujourd'hui, je suis à court de mots. J'ai l'impression de vous connaître, vous l'étrangère, la Québécoise devenue Française. Était-ce vraiment par choix, ce départ ? L'exil peut être imposé ou voulu. On reste toujours un mystère pour les autres.

Tiens, il me vient à l'idée de vous envoyer avec ce pli *La salle de concert*, mon recueil de nouvelles et deux photos.

À suivre,

Neige Dénommé

~

Julien est assis à côté de Neige. Il sort un album, le feuillette, embrasse son épouse sur la joue droite.

Il s'avère que certaines photos sont en double. Moments capturés en guise de souvenirs pour crise de nostalgie. En silence, la main droite de Neige et la main gauche de Julien saisissent deux photos. Ils ne sont aucunement surpris de leur sélection. Ils se connaissent par cœur.

Sur le premier cliché, Neige apparaît en jeune mariée, le front ceint d'une couronne de fleurs et de rubans comme en Pologne. C'était l'idée de la mère de Julien, Madame Sofia Binocz, femme adorable. Julien et Neige avaient trouvé l'idée amusante et romantique à souhait de recréer des noces traditionnelles. Madame Binocz avait tout orchestré.

Du côté des Dénommé, les parents étaient décédés dans un accident de voiture, peu avant le mariage. Pierre, l'aîné, servit de père à Neige. Dans l'assistance, la famille était représentée par Rose, la cadette, et deux cousines.

Quant aux Binocz, Tadeusz, le beau-père, ses frères Jakub et Florian étaient présents. Tadeusz, ému, ne cessait de pleurer et de serrer la taille de Sofia, qui avait choisi un célébrant, un franciscain conventuel desservant la communauté polonaise de Montréal. Le curé habituel avait été invité à concélébrer pour ne pas froisser les susceptibilités. On n'avait jamais rien vu de tel à Trois-Montagnes.

Sur la photo, on y voit Julien au naturel sérieux et Neige compensant par un sourire, la main droite sur son ventre, présage des enfants à venir.

Sur la deuxième photo, on aperçoit Neige et Julien lors du lancement de *La fugitive*. L'auteure y est radieuse.

～

La Chute de la Mariée, ce 8 juin 2020

Blanche se dit qu'elle aura raté cet instant de bonheur, soit celui d'assister à un mariage et puis voir des enfants en langes. Ça lui chamboule l'intérieur. Puis, elle prend la deuxième photo reçue et l'appuie contre son cœur.

Elle ouvre une armoire, y déniche deux cadres, elle y insère les photos. Les cadres sont déposés sur le linteau du foyer.

J'aurai au moins eu la chance de la connaître avant ma mort. Mieux vaut tard que jamais.

« En fait, j'aurai eu du retard ou j'aurais été en avance. Jamais au moment propice », pense-t-elle.

～

La Chute de la Mariée, ce 9 juin 2020

Chère Neige,

Je vous remercie pour votre recueil de nouvelles. Nous avons tant en commun. Saluez bien votre Julien. Vous êtes fortunée de l'avoir dans votre vie. Comme je vous envie. La stabilité amoureuse et familiale est un trésor à chérir et à ne pas mésestimer en dépit de la routine et des compromis.

Quand je m'assois au piano, vos regards m'accompagnent. Vous êtes mes invités et je joue pour vous du Brahms, du Schubert. Rien ne presse à présent. Je pourrais partir demain que j'aurais été enchantée de faire votre connaissance. Il m'a fallu tant de temps pour vous retrouver saine et sauve. Il y avait urgence, tout simplement, puisque le sable s'écoule du sablier et que je n'y peux rien.

Aujourd'hui, je suis trop émue pour continuer cette lettre.

Je vous laisse reprendre le fil de notre conversation. Vous me rendez heureuse. Vous ne savez pas à quel point je le suis.

Confidence pour confidence. Pendant que nous y sommes, C. P. 530 cache Blanche Boisjoli.

Voilà !

Blanche Boisjoli

~

Trois-Montagnes, ce 30 juin 2020

Julien relit la lettre de Blanche du 9 juin, sourire aux lèvres, valorisé par les mots de cette inconnue, pourtant si familière avec son épouse.

Neige, bien que toujours amoureuse de son Julien, se dit qu'il y a parfois des jours où tout tourne à vide, des silences dans la nuit quand le corps de l'autre réagit moins aux caresses. Ainsi, la tendresse a remplacé les tourments de la passion.

Julien, lui non plus, ne regrette rien ou si peu, si ce n'est que la distance des enfants. Ils finiront bien par revenir. Il leur laisse de l'espace, maintenant.

— Si ça continue votre correspondance, je devrai te faire un dossier dans mon classeur.

— Grand fou, va ! Avoue quand même qu'on commence à y voir plus clair.

— Cette Blanche m'apprécie à ma juste valeur, lance Julien.

— Va cuire les brochettes sur le barbecue, le riz est gardé au chaud au four et la salade est déjà prête, ajoute Neige qui éclate d'un rire franc.

∼

Trois-Montagnes, ce 15 juillet 2020

Chère Blanche,

Mon beau Julien était ravi de vos bons mots à son endroit. Il ne reçoit pas souvent de compliments. Il traite les doléances et les dossiers de succession. Enfin, vous lui avez fait chaud au cœur, tout comme vous avez allumé un je-ne-sais-quoi dans le mien en me dévoilant votre identité. D'ailleurs, nos prénoms sont si similaires. Bien étrange, n'est-ce pas ?

Ma mère m'a dit que quelqu'un lui avait suggéré de m'appeler Neige. Mais qui ?

Comment allez-vous ? Que faites-vous de vos journées à part jouer du piano ? Libre à vous de m'en dire plus.

Ici, nous avons enfin un été radieux. Nous prenons le repas du soir à la terrasse, au retour du travail de Julien. Quant à moi, je traduis à mon bureau le matin, mais il m'arrive d'écrire à la table de cuisine en après-midi, afin de briser les habitudes souvent si lassantes.

Au plaisir de vous lire bientôt.

Neige Dénommé-Binocz

La Chute de la Mariée, ce 1er août 2020

Chère Neige,

Vous deviez avoir un teint de porcelaine pour que l'on vous prénommât si candidement.
Comment s'occupent mes jours ? Je marche très tôt le matin. Mes rares voisins ne voient que mes volets ouverts ou fermés. Je suis plus à l'aise dans le souvenir que dans le présent. Je cuisine des potages et mon pain, je cultive des fleurs au jardin, j'invoque les Saints du Ciel, je verse ma musique dédiée aux âmes tourmentées, à ces morts d'hier errant en ma demeure. Je ne sais faire que cela, répandre de la beauté pour apaiser la mémoire, la mienne et celle des autres.
À mon âge, j'ai plus de souvenirs derrière moi que de projets à vivre.
Je suis une pianiste, une artiste inconnue, une chose vétuste, une identité comme deux mots assemblés sur le point de tomber en désuétude.
Il arrive qu'à être trop collé sur l'écorce, on ne distingue plus l'essence de l'arbre contre lequel on s'était appuyé ni la forêt de laquelle il est issu.
Vous brûlez, ma chère amie… Pensez, réfléchissez, regardez bien autour de vous. L'évidence est à portée de main telle une partition dont on doit ouvrir la couverture avant de laisser nos mains parcourir et danser sur le clavier.
Embrassez bien Julien pour moi.
Je vous quitte, car la musique m'appelle aujourd'hui plus qu'hier.

Blanche Boisjoli

Trois-Montagnes, ce 14 août 2020

Chère Blanche,

Je veux comprendre et je tente d'y voir plus clair. Nous semblons avoir bien des points en commun, mais quel est le but de cette correspondance ? Quelles sont vos motivations profondes ? Dites-moi… De quelle manière le fait de m'avoir trouvée apaise votre conscience ? Puisque c'est de cela dont il s'agit. Que le concret surgisse derrière les métaphores et les paraboles.

De grâce, éclairez-moi pour que je comprenne. Je vous en saurai gré.

Neige

~

Trois-Montagnes, ce 28 août 2020

Neige relit la dernière lettre de Blanche à Julien. Elle semble agacée par un certain jeu de cache-cache de la part de sa correspondante.

— Ma douce, toi et ta nouvelle amie, vous avez un intérêt indéniable pour la musique, le silence, la solitude et l'écriture.

— Bon, j'en ai marre. Je téléphone à Pierre. Je l'invite à souper. Ça nous changera les idées.

— Excellente idée. Ton frère est adorable. Je l'aime bien.

Neige téléphone. L'invitation est acceptée avec joie. Elle lui parle de cette correspondance singulière avec une pianiste, de cette complicité naissante, voire de retrouvailles quasi mystiques.

— Sœurette, on se voit tantôt à 18 h. J'apporterai une bouteille de rouge et un souvenir de maman. Ça devrait t'éclairer grandement. J'attendais le retour de la pianiste.

— Mais enfin, parle, crie-t-elle.

Silence et étonnement chez Neige qui reste un instant le portable à la main, car Pierre a déjà terminé l'appel.

Chez lui, Pierre s'étire les bras, déniche une boîte poussiéreuse. Il souffle sur le couvercle, en ressort une photo ancienne montrant un couple, un garçonnet et un bébé, et une lettre cachetée.

À 18 h, Pierre arrive, entre sans sonner. À Trois-Montagnes, les habitants ne verrouillent pas leurs portes. Tout le monde se connaît. Julien et Neige viennent lui donner l'accolade. Le repas se déroule très bien, mais l'écrivaine impatiente aborde la question de cet échange épistolaire énigmatique, mais tout de même chaleureux.

— Je lui ai dit de ne pas commencer, de ne pas répondre à la première lettre. Elle fut ensorcelée par un « Je vous aimerai toujours ». Elle s'est entêtée. Pourtant, c'est moi le Polonais opiniâtre dans le décor.

— Julien, ma sœur est curieuse. Les artistes, ça cherche à comprendre le sens du monde.

Pierre dépose sur la table la photo ancienne au bord dentelé.

— Qui est sur la photo, Pierre ? demande Julien.

— Ta belle-famille, mon cher Julien. Ici, Auguste Dénommé, Eugénie son épouse, le garçon de deux ans qui marchait à peine, c'est moi.

— Et le bébé si mignon ? Réponds, mon frère, insiste Neige.

— Toi !

— Raconte ce dont tu te souviens…

— C'est vraiment très impressionniste dans ma tête. Nous sommes partis d'Oka pour aller te chercher à Montréal. Auguste m'a dit que dorénavant, je devrais partager mes jouets et mes crayons à colorier avec toi, ce que je fis ultérieurement avec joie quand tu as grandi. Quelques années plus tard, une fois, j'ai entendu Eugénie et Auguste qui se remémoraient ton arrivée parmi nous…

Puis, Pierre dépose une enveloppe sur laquelle on peut lire : « À Neige, à lui remettre au retour de la pianiste, mais pas avant. »

— Ah, l'écriture fine de notre mère Eugénie.

— C'est quoi cette comédie ? murmure Julien, tout aussi estomaqué que Neige par le tour des événements.

Neige revoit soudainement à Oka son frère Pierre, alors âgé de 15 ans et elle de 13 ans, lui dire à table :

— Toi, tu n'es vraiment pas comme nous autres.

Cette parole avait fait pleurer Eugénie la mère et Rose, 10 ans, qui n'entendait guère raison dans toute cette histoire. Or, ce fut la seule fois où Auguste le père leva la main sur son fils. Ce dernier lui demanda pardon une heure plus tard. Le père n'eut que des bras ouverts et des yeux humides à lui offrir en guise de réponse. Neige lisait au salon, blessée alors de la remarque de son frère.

— Julien, pas besoin de l'ouvre-lettre. Pierre, prête-moi ton couteau à beurre. Vite.

Neige, nerveuse, en lit le contenu à haute voix

Oka, juin 1980

Neige, mon doux flocon, ma préférée parmi mes trois enfants,

Au moment de lire cette lettre, je serai morte. J'en ai bien l'impression. Je n'assisterai pas à ton mariage avec Julien. Ton père et moi, nous l'apprécions beaucoup, mais nous ne serons pas là pour assister à votre bonheur.

Une mère et une fille doivent tout se dire. Ton père, ça le remuait trop par en dedans, les histoires d'enfants abandonnés ou malades. Il a gardé silence.

J'ai vécu ma vie de femme mariée à Oka. Auguste en est originaire. Pourtant, nos regards se sont croisés sur la Terrasse Dufferin à Québec avec les eaux radieuses du fleuve. Nous nous sommes mariés. Puis Pierre est venu au monde.

Un jour, j'ai reçu des nouvelles de Blanche Boisjoli, ma grande amie d'enfance. Elle et moi, nous sommes de Kamouraska, « Là où il y a du jonc au bord de l'eau » en algonquin. Nous avons étudié ensemble à Rivière-du-Loup chez les Sœurs de l'Enfant-Jésus de Chauffailles. Elle est devenue institutrice. Tout allait bien pour elle, puis la vie la fit croiser un pianiste de jazz américain aux origines écossaises jouant à l'Hôtel Donahue pendant deux ans. Ils se sont fréquentés, puis ils se connurent intimement deux, trois fois. Elle tomba enceinte. Elle invoqua des problèmes pulmonaires pour ne pas reprendre les classes. Elle prit momentanément une chambre à Montréal, puis se fit admettre à l'Hôpital de Miséricorde chez les sœurs du même nom. Elle me savait nouvellement mariée. Elle nous fit promettre, à Auguste et à moi, de t'adopter. La directrice de l'établissement était plus que satisfaite de cet arrangement, sachant que tu ne manquerais jamais d'amour.

Trois jours après ta naissance, nous sommes allés à ta rencontre. Ce fut le plus beau jour de ma vie, même plus que mon mariage. La photographie remise fut prise par une novice en récréation. J'ai pu embrasser Blanche, toutefois avec l'interdiction formelle de te montrer. Auguste et Pierre m'ont attendue dehors en te dorlotant.

— Fais-en une artiste de Neige, m'avait-elle implorée.

C'est mon amie Blanche qui t'a donné ce beau prénom. Le jour même, Sœur Catherine de Sienne, supérieure du Couvent de la Congrégation de Notre-Dame, cousine de ton père, prit les arrangements pour te faire baptiser le lendemain matin en toute discrétion par le curé du village.

Puis, Blanche, provenant d'une famille nantie, décida d'aller vivre en France, dans une commune près de Versailles nommée La Chute de la Mariée. Elle s'était trouvée naïve, voire idiote ou emportée par les tourments de la chair et du cœur. Elle est partie pour sauver les apparences et laver, si on veut, la famille d'un déshonneur éventuel, si ça venait à se savoir.

Voilà, très chère Neige, les débuts de ta venue en ce monde.

Nous avons voulu, autant Blanche que moi, t'éviter des blessures, mais il arrive un temps où les choses doivent être dites.

C'est à regret que cette lettre t'arrivera tardivement.

Conserve si possible des liens forts avec Pierre et Rose qui n'y sont pour rien dans ton histoire.

Auguste et moi, nous t'embrassons, ne nous oublie pas.

Eugénie Dénommé

Neige retire ses verres. Le mascara a coulé. Elle prend un papier-mouchoir pour s'essuyer les yeux.

— Pierre, connaissais-tu le contenu de cette lettre ? demande Neige.

— Non, mais je me souviens que maman m'a dit que c'était ce qu'il y avait de plus précieux à te remettre avec la photo. J'ai respecté ses volontés.

— Et l'histoire de la pianiste inconnue qui écrit à mon épouse t'a fait allumer, ajoute Julien.

— Maman et cette dame ont tenu longtemps une correspondance. Engourdi par le deuil, j'ai brûlé bien des lettres. Mes excuses. Un jour, j'ai reçu une dernière lettre que j'ai retournée à l'expéditrice en indiquant « décédée ».

Julien devine qu'il est temps de préparer du café avec un soupçon de cognac. Mystère Blanche Boisjoli résolu.

Neige est partagée dans ses émotions. Elle voudrait à la fois gifler son frère adoptif et l'étreindre. Néanmoins, la mélancolie et un certain soulagement la contraignent à rester calme, tout en intériorité pour le moment.

Elle comprend aussi qu'un jeune enfant n'entend rien aux questions de la procréation et de l'adoption, qu'elle ne peut tenir son frère responsable du si long silence de ses parents adoptifs.

— Julien, photocopie-moi cette lettre deux fois. J'en enverrai une copie à Rose, notre sœur, qui a droit de savoir elle aussi, et une copie à ma mère biologique.

— Vraiment, je suis désolé, ma petite sœur.

— Je te mettrai au parfum, Pierre, s'il y a du nouveau. Maintenant, Pierre, je te suggère de quitter. Je contiens ma colère.

— Comme tu veux, fais comme bon te semble. Merci pour le bon repas. Désolé pour ta peine.

Pierre avale son café d'un trait et quitte en silence, tandis que Neige lance la tasse vide de son frère qui se fracasse contre un mur. Julien étreint son épouse.

∼

Trois-Montagnes, ce 1ᵉʳ septembre 2020

Chère Blanche,

Dois-je aussi vous appeler « mère », « maman », « l'étrangère » ? Je joins à cette lettre une note d'Eugénie ma mère, dévoilant l'identité de ma souche, institutrice et pianiste.

C'est mon frère Pierre qui m'a sortie de la confusion dans laquelle je baignais, en me remettant une photo noir et blanc le jour où Auguste et Eugénie Dénommé sont venus me cueillir, selon vos instructions marquées du sceau des Sœurs de Miséricorde. Dites-moi… Aurions-nous joué bien longtemps encore à colin-maillard ? Je ne semble pas avoir votre patience. J'en ai avec Julien, les enfants, mais pas avec des gens qui se foutent de ma gueule en toute connaissance de cause.

Comment se sent-on après avoir abandonné une enfant ? N'avez-vous surtout pas honte d'avoir imposé une chape de silence à cette famille ?

Comprenez-moi. Je suis furieuse. Je suis fascinée par vous et je vous hais en cet instant qu'est ma vie. Mais ça passera.

Salutations respectueuses de Julien et de Pierre (qui n'était qu'un mignon garçon de deux ans lors de mon adoption).

Allez, à bientôt, si le cœur vous en dit. Vous m'épuisez, à la fin !

Neige

~

La Chute de la Mariée, ce 12 septembre 2020

Blanche lit la lettre de Neige. La violence de sa fille naturelle lui rentre dedans, lui fragmente le cœur. Ce jour-là, le soleil est radieux au point d'en aveugler temporairement Blanche qui sort de sa maison pour se constituer un bouquet avec des fleurs du jardin. Elle entre et arrange les tiges dans un vase en cristal de Bohême. La lumière transforme le contenant en un kaléidoscope. La tristesse de Blanche fait place au ravissement à cause des couleurs.

Du papier fleuri cette fois-ci attend sa main inclinée et le transparent à placer sous la feuille pour tracer des lettres harmonieuses et apaisantes. Elle trouvera les mots qui conviennent pour dissiper les eaux troubles de la rancœur. En écriture comme en musique, la grâce importe. Elle doit allier la tête et le cœur par une graphie ou par un jeu musical impeccable. On le lui a répété si souvent.

Blanche se souvient quand elle avait reçu le retour de sa dernière lettre écrite à Eugénie l'avisant du décès de celle-ci. Elle avait cru que son monde s'écroulait avec la disparition de sa confidente qui était aussi le trait d'union entre elle et Neige. Il lui faudrait partir à la recherche de sa fille tôt ou tard… Le hasard avait bien réglé la question.

Sur la table, deux photos attendent d'être glissées à l'intérieur d'une enveloppe. La première photo retient, en son contour tout blanc, un homme et deux jeunes femmes. La deuxième photo révèle un pianiste, casquette à l'envers, cigarette au bec, et une jeune femme en pâmoison appuyée sur le piano droit. Blanche annote l'arrière des photos.

∼

La Chute de la Mariée, ce 13 septembre 2020

Chère Neige,

Mille et une excuses. Voici le passé qui vous revient comme une marée haute. La presqu'île devient île, isolée par l'eau. Prière d'attendre au sec que le bras de terre revienne.

Voici deux photos pour vous.
Salutations à Julien et à Pierre.
Bises de votre mère indigne,

Blanche Boisjoli

Trois-Montagnes, ce 23 septembre 2020

Neige ouvre son courrier au retour de Julien du bureau de poste. Les jours d'avant assaillent son iris et le passé se reconstitue telle une mosaïque et ses nuances par le jeu des tesselles qui font apparaître des formes et une histoire à lire.

Julien apporte comme à son habitude deux kirs au cassis. Il tourne et retourne les photos.

« Terrasse Dufferin, Québec. Auguste, Eugénie, Blanche, 1955. »

« Hôtel Donahue, Rivière-du-Loup, James Fraser, Blanche, 1959. »

— En effet, ma douce, tu as les yeux de Blanche, sa beauté et la fière allure, le panache de James.

— Pierre et Rose et nos enfants seront ravis de voir cela, déclare Neige.

— Suggestion : écris à Blanche pour la remercier.

— Si j'en ai envie, seulement si j'en ai envie, mon mari. Pas de pression avec les choses du cœur. Je dois décanter un peu.

Neige range le tout. Elle verra si demain le cœur est d'humeur à la plume. Elle met ensuite les couverts, pendant que Julien prépare une salade en silence. Il sait qu'avec Neige, il ne faut pas insister.

~

Trois-Montagnes, ce 25 septembre 2020

Chère Blanche,

Je vous remercie beaucoup pour les deux belles photos que je présenterai à la famille. Julien, féru d'archives, les aime tout autant.

Au fait, je vous prie de m'excuser de mon emportement inapproprié. Je n'ai pas à vous juger aujourd'hui avec notre situation, selon les critères actuels. À l'époque, c'était impensable. C'eût été invivable tant pour la mère que pour l'enfant ; les deux auraient subi les quolibets, les insultes, l'opprobre.

Je comprends aussi votre souhait de recommencer une vie ailleurs.

L'autre jour, Julien et moi, nous avons rendu visite à Mère Catherine de Sienne à Oka. Elle nous a raconté son bout d'histoire. Elle est nonagénaire.

Auguste et Eugénie avaient sonné à la porte du couvent. Ils avaient demandé un temps de parloir avec elle, alors supérieure. Mère Catherine de Sienne avait béni le bébé, moi en l'occurrence, pour me souhaiter la bienvenue dans la famille. Auguste était content. Pierre trépignait de joie d'avoir une petite sœur à chérir pour briser sa solitude d'enfant unique. Eugénie se sentant doublement attachée à la petite, un poupon sorti du ventre de sa meilleure amie. Auguste et Eugénie se préparaient déjà à porter le secret. La religieuse ne chercha pas à connaître la provenance de la petite.

Baptême le lendemain. Parrain, Jérôme, le frère d'Auguste, marraine, Marie, l'épouse de Jérôme, dans une église vide. Le seul témoin, outre le parrain et la marraine, fut Pierre, assis sagement sur les genoux de la religieuse.

Autant chez les Dénommé que chez les Lafleur, la famille d'Eugénie, personne n'a jamais évoqué l'adoption de ce bébé providentiel surgi de nulle part. Tout le monde a bien joué son rôle dans une pièce de théâtre bien dirigée.

Fin de mon temps de parloir pour aujourd'hui.

Avec tendresse,

Neige

Trois-Montagnes, ce 30 septembre 2020

Cinq jours plus tard, visite impromptue de Sofia. Elle sonne une fois, deux fois. Neige sort de sa bulle. Elle écrivait à cet instant-là. Elle referme le cahier dans lequel se trouve son roman en devenir. Les personnages sont mis sur pause. Sofia cogne cette fois sur le verre. Neige est maintenant agacée du dérangement, mais elle va ouvrir.

— Belle-maman. Julien ne m'avait pas prévenue de votre venue.

Neige se doute bien du but de la visite de Sofia : la correspondance avec Blanche alias C. P. 530. Neige sort de son tiroir lettres et photos. Elle sait qu'avec Sofia, on doit vite mettre cartes sur table. D'ailleurs, elles se sont toujours bien entendues, faisant front commun lors de réunions familiales. L'une comme l'autre tenant mordicus à leurs opinions sans même se consulter. La parenté n'avait qu'à bien ouvrir les oreilles et à prendre leur mal en patience. Neige avait trouvé en sa belle-mère une alliée naturelle lors des abus d'autorité de Julien, ce qui avait fait fuir les enfants.

— Julien m'a mentionné qu'une certaine Blanche t'avait retrouvée. Réjouis-toi, ma chère.

— Pouvez-vous imaginer, Sofia, que j'ai été maintenue 60 ans dans le silence ? Je n'en reviens tout simplement pas. Je tombe des nues.

— Neige, toi que j'ai considérée davantage comme une complice que comme ma bru, imagine le poids du silence pour tes parents adoptifs. Ressens un peu le déchirement de ta mère à qui on retire l'enfant sans même avoir pu tenir son bébé dans ses bras. C'est inhumain.

Sofia se verse un verre d'eau à même la fontaine au coin de la cuisine.

— Réfléchis à la chance que tu as eue : une mère naturelle qui veut renouer des liens distendus, le souvenir de parents aimants, puis moi qui t'estime plus que mon propre fils. Bon, assez de paroles… Je vais rentrer, sinon on se mettra à pleurer.

Neige se lève, lui donne l'accolade et la raccompagne à la voiture.

— C'est certainement moi qui intellectualise trop.
— Sans aucun doute.

Une fois la porte refermée, Neige ouvre son cahier, elle retrouve ses personnages là où elle les avait laissés. Sur papier, l'angoisse de la page blanche ne lui venait jamais, guidée était-elle par les lignes qui n'attendaient que les mots.

Pendant ce temps, en France, Blanche feuilletait des cahiers à couverture noire de l'époque du couvent où, écolière, elle traçait des lettres, des chiffres ou bien dessinait des notes dans les portées. Elle entendait des sons dans sa tête comme pluie de juillet sur une toiture de tôle avant de les jouer plus tard sur le clavier.

~

La Chute de la Mariée, ce 12 octobre 2020

Chère Neige,

Oserai-je un jour vous appeler « ma fille » ? Je ne sais pas. Une certaine pudeur me freine et me censure. Cela arrivera un jour, je l'espère bien, si vous le souhaitez aussi de votre côté.

Aujourd'hui, j'ai attaqué – le mot est trop fort – disons, j'ai abordé de nouvelles œuvres comme un jour nouveau avec une sensibilité à fleur de peau. Le piano répondait à l'appel de mes doigts.

Pourquoi vous dire tout cela ? Vous avez très certainement un quotidien plus palpitant que le mien auquel vous pouvez vous accrocher.

S'il n'était pas retourné aux États-Unis, James Fraser, je l'aurais bien pris comme mari. À l'annonce de ma grossesse, il mit fin à son contrat, remplit sa valise et, lui, avec son patronyme écossais, fila à l'anglaise dans la nuit jusqu'au Maine en voiture.

La cérémonie des adieux n'eut même pas lieu.

Je suis vraiment peinée de ma vie ratée et de la vôtre mise en sourdine.

Je vous embrasse,

Blanche

~

Valcourt Valley, Québec/Maine, ce 12 octobre 2020

À qui de droit,

Moi, James Fraser, pianiste de jazz en fin de parcours et en ayant assez de cette vie euphorique et désastreuse, je lègue à Mademoiselle Blanche Boisjoli mes avoirs, à savoir cette maison de campagne sise avec une demie au Québec en sa partie avant et une demie vers l'arrière dans le Maine. Un bon terrain du côté Maine comporte la tombe de mon oncle William dans une parcelle de forêt composée de mélèzes et de cèdres.

Elle doit vivre soit à Montréal où elle devait accoucher de notre enfant ou en France où elle aspirait à s'établir un jour. Elle est originaire de Kamouraska et doit être âgée de 80 ans. Les notaires feront la recherche comme il se doit. Au salon reposent quelques partitions composées par moi et certaines sont autographiées par de grands musiciens avec qui j'ai eu le privilège de jouer.

C'est à regret que je quittai Blanche sans dire un mot, mais avec juste un vain projet d'avenir.

Puisse-t-elle considérer ce legs comme une minime réparation aux offenses commises et à mon vague à l'âme.

Une version anglaise de la présente lettre est jointe à celle-ci.

Toutes ces années furent vécues dans le remords, j'éteins les projecteurs dès aujourd'hui, soulagé du fait que le spectacle se termine ici. Fin de ma fuite.

Votre tout dévoué,

James Fraser

James insère la version française et sa traduction anglaise dans une enveloppe. Il écrit difficilement « À Maître Bolduc, notaire ». Sa vue se trouble. Il ingurgite du gin à même le goulot de la bouteille. Des flacons de médicaments jonchent le sol. Les bras de James s'affaissent le long de son fauteuil. La tête ploie vers l'avant. Il s'endort. Il revoit Blanche Boisjoli assise sur un tabouret, elle lui sourit, le grand amour de sa vie finie. Il joue pour elle, sa nouvelle flamme qu'il veut éternelle. Eugénie photographie les deux amoureux. James est heureux. Soupir dernier. Le couvercle du piano se referme au même moment.

~

Valcourt Valley, Québec, ce 12 octobre 2020

Le maire Pomerleau ne sait pas trop quoi faire le jour même avec le cas d'un ancien pianiste de jazz, James Fraser. Sa maison est à cheval sur la frontière, mais le numéro civique est au Québec.

Une lettre a été trouvée par un policier retraité de la Sureté du Québec, ami et voisin du défunt. Il a constaté qu'il n'y a pas eu de violence. Donc, pas d'enquête ou d'autopsie. Un suicide, selon toute vraisemblance, avec pilules au sol et écume blanche à la bouche.

Il y a belle lurette que Maître Bolduc n'exerce plus.

Par prudence, le maire fait une photocopie de la lettre-testament, puis glisse l'originale dans une enveloppe adressée à maître Julien Binocz, Saint-Jérôme, Québec. Ce notaire reconnu partout dans la province réglera bien ce dossier particulier.

∼

Saint-Jérôme, ce 19 octobre 2020

Julien, après ces deux cafés pris à son arrivée au bureau, soupire, se demande quelle pile de courrier il doit scruter en premier.

D'habitude, sa secrétaire sépare la documentation en trois piles. Un post-it note orange brûlé sur le premier paquet signifie l'urgence de lire, d'étudier et de traiter ; le deuxième paquet avec un post-it vert concerne les actes de vente préparés par elle qui nécessitent une approbation finale ; le troisième paquet avec post-it bleu concerne les dossiers, dont des successions exigeant une certaine recherche.

Il décide finalement de passer la journée à traiter les urgences. Demain, il s'occupera des dossiers demandant investigation, ce qu'il préfère de loin faire.

∼

Saint-Jérôme, ce 20 octobre 2020

Après les deux cafés habituels, il plonge dans la pile de documents au post-it bleu. Une lettre brève de présentation du maire Pomerleau afin de le préparer à la lettre qui suit... Il lit ensuite la lettre signée de la main de James Fraser et n'en revient tout simplement pas.

« Le monde est petit ou pincez-moi quelqu'un, je suis dans un conte de fées loufoque », pense-t-il.

Il saisit son portable et tente de texter un message à Neige. Ses doigts trop gros s'accrochent dans les touches. Il s'exaspère et balance l'appareil dans son cartable ouvert.

— Madame Jubinville, appelez-moi s'il vous plaît mon épouse, merci, demande-t-il.

L'assistante lui transfère prestement Neige.

— Oui, Julien. Pardon, Maître Binocz, que me vaut l'honneur de votre appel ce matin ? prononce Neige, moqueuse.

— Chérie, c'est du sérieux. J'ai retrouvé ton père biologique.

— Quoi ? Où est-il ?

— Valcourt Valley, village-frontière, côté Québec, mais mort depuis huit jours. Je suis désolé de te l'apprendre si brusquement. Nous en parlerons au souper.

— Rien d'autre ?

— Si, mais je ne peux pas t'en parler maintenant par éthique professionnelle.

— Tout s'arrangera, j'espère…

— Si, chérie, bien mystérieusement, à cause de feu James Fraser. La vie fait des ronds dans l'eau, ma belle.

— À tout à l'heure, Julien.

— Je t'aime, Neige.

Neige émet un soupir dans son récepteur. C'est un brin d'exaspération qu'il perçoit comme un acquiescement à sa déclaration d'amour.

∼

Tout l'après-midi, Neige s'est demandé ce que signifiait « À cause de feu James Fraser ». Que pouvait-il faire de bon, ce pianiste de jazz ? Il prit son pied dans le ventre tout rose d'une couventine qui ne connaissait de la vie que le meuglement des vaches le long des prés, le ressac du fleuve contre la berge, le ciel enneigé, la propreté des couloirs, puis l'école où elle enseignait avec quelques religieuses dévouées.

En quoi ce James Fraser lui apporterait-il consolation ? Neige ne trouve pas d'autre moyen de se calmer les méninges qu'en poursuivant la quête de ses personnages dans le roman entrepris plus tôt, soit au début de la quarantaine imposée par les autorités de la santé publique tant à Québec qu'à Ottawa.

D'ailleurs, depuis le début de ce confinement, elle avait l'habitude de se laver souvent les mains 20 secondes par respect des consignes sanitaires.

Parfois, elle pensait aux musulmans qui se lavent les mains pour se purifier avant la prière, tantôt, à Ponce Pilate qui s'en balançait par un rinçage de paumes…. En fait, sa vision œcuménique lui fait comprendre que l'eau purifie de tout.

Son fils aîné Philippe s'est libéré de ses tourments, de ses voix obsédantes, de ses visions infernales en entrant dans la rivière en avril. Neige n'avait pu l'en empêcher. Elle avait tiré sur la manche de son manteau dont Philippe s'était libéré pour courir vers les eaux tumultueuses. Il avait eu un rire dément. Cette plainte folle, Neige l'a encore en mémoire.

Une fois la dépouille mortelle récupérée comme feuille morte sur l'onde, Julien s'était muré dans un silence d'au moins trois jours. Neige avait demandé au célébrant de lire comme évangile le passage où Jésus marche sur les eaux. Le soir des funérailles, Julien lui a montré l'extrait où Moïse divise les eaux de la mer Rouge en deux. Philippe avait souligné ce segment en jaune fluorescent. La lumière venait à lui. Puis, leur fille Simone et leur autre fils Christophe s'étaient avancés spontanément pour étreindre leurs parents.

Le surlendemain, Simone retournait à Vancouver et Christophe dans la vallée de la Matapédia.

Ce fut Neige qui, lors des repas, réchauffa peu à peu la maison par ses rires et ses conversations avec son frère Pierre et sa sœur Rose. La vie devait reprendre son cours, en respect à la mémoire de Philippe qui était un jeune homme rieur avant de sombrer dans les affres de la schizophrénie.

∼

De l'autre côté de l'Atlantique, Blanche se demande si Neige lui en voulait pour une enfance travestie, dans la famille de sa meilleure amie.

Aurait-elle pu lui offrir mieux, si elle avait été mariée à James Fraser ? Elle n'en est pas certaine. Nul ne le saura jamais. Cependant, elle l'aurait souhaité.

Elle range les partitions déjà étudiées cette semaine. La poste vient de lui livrer deux grandes enveloppes qui n'entraient pas dans son casier postal. Elles proviennent des Éditions musicales Leduc à Paris. Mais de fait, elle attendait une lettre de Neige. Elle prend les enveloppes et les dépose dans le feu de foyer.

« Si on pouvait faire de même avec les souvenirs, je brûlerais le ressentiment. Enfin, cela a si peu d'importance à présent », semble-t-elle se dire.

∼

Au souper, Julien et Neige dégustent un saumon en papillote, du riz basmati et un bon vin issu d'un cépage des Basses-Laurentides.

— Bon, on va jouer encore longtemps du mystère, Julien ?

Julien lui présente une photocopie de la lettre signée par James Fraser. Neige lit et la relit, stupéfaite.

— Si je comprends bien, scénario A) Blanche hérite de la maison de son amoureux ; scénario B) Blanche refuse et la maison se retrouve entre les maisons de cousins américains ou écossais.

— Vérification déjà faite. James n'a aucune parenté proche, si ce n'est que deux cousins germains vivant en Écosse avec qui il entretenait une correspondance, explique Julien.

Neige se lève et note sur une feuille l'adresse de Blanche.

— Merci. Je lui enverrai un courrier express, mais du bureau, car je suis à la limite du conflit d'intérêts.

— Je suppose que je dois lui écrire pour lui suggérer de répondre au notaire Binocz, non pas à son gendre bien-aimé.

— J'enverrai aussi ta lettre par courrier express au bureau de poste. Simplifions-nous la vie, veux-tu ?

— Tu as bien raison, mon chéri. Pour l'instant, je ne connais que ce fantôme de père par sa graphie de « C'est à regret ».

Le repas se termine en silence. En début de soirée, Neige rédige une lettre.

~

Trois-Montagnes, ce 20 octobre 2020
Courrier express

Chère Blanche,

Je vous écris pour vous informer que mon Julien alias Maître Julien Binocz vous écrira. C'est par hasard, si le hasard existe, qu'il a retrouvé la trace de James Fraser.

Veuillez s'il vous plaît répondre au notaire à son étude, après réception de son courrier.

Oui, j'aimerais une fois ce dossier réglé que vous écriviez, si le cœur vous en dit, à Julien mon époux ou bien à Pierre et à Rose, mon frère et ma sœur adoptifs que je vous offre aussi comme parenté.

Ainsi, vous seriez moins seule. Enfin, nous serions vous et moi moins isolées avec le passé, nos secrets, nos doutes, nos vides à comprendre et à combler.

Tendres salutations du Québec,

Neige Dénommé

~

Saint-Jérôme, ce 21 octobre 2020
Courrier express

Madame Blanche Boisjoli,

Objet :   Succession James Fraser

Madame,

Je suis dans l'obligation de vous annoncer le décès de feu James Fraser, domicilié à Valcourt Valley, village limitrophe Québec-Maine.

Une lettre fut retrouvée (la voici en pièce jointe) qui vous désigne à titre d'unique héritière de sa maison. Cependant, ses deux cousins écossais ont tenu à payer les frais d'inhumation au cimetière de Pohénégamook. La grande maison de campagne est en très bon état. Voici une copie des photos transmises par courriel de la part des deux cousins.

De plus, feu James Fraser n'avait aucune dette.

Donc, acceptez-vous ou refusez-vous ce legs testamentaire ?

Dans l'affirmative, je vous préparerai un titre de propriété à votre nom.

En cas de refus, la maison sera remise aux deux cousins du défunt.

Une réponse d'ici deux semaines par courrier recommandé serait acceptable.

Veuillez agréer, Madame, l'expression de mes salutations les meilleures.

Maître Julien Binocz,
Notaire

~

La Chute de la Mariée, ce 23 octobre 2020

Blanche, curieuse, comme à son habitude devant un nouveau livre, une œuvre inédite à aborder, ouvre la lettre de Neige dont elle reconnaît l'écriture. Non, sa fille ne lui en veut pas, puisqu'elle a repris la correspondance. Que peut-elle bien lui dire ? Elle lit, mais n'en croit pas ses yeux. Comment son beau-fils a-t-il pu retracer l'amant disparu dans la nuit ? Son cœur bat la chamade, comme lorsqu'elle se coiffait pour aller l'entendre à l'hôtel avant une nuit d'amour.

La curiosité lui vient de l'enfance, de sa volonté d'apprendre, de parfaire. Les sœurs avaient noté et favorisé cette curiosité intellectuelle, tout en précisant qu'une curiosité débridée était un péché et la mènerait à sa perte…

Neige lui offre aussi la possibilité d'une famille. Elle lui présente des liens à tisser et à développer. Blanche répondra au notaire qu'elle acceptera cette succession au même titre qu'elle voudra ultérieurement faire connaissance avec la famille.

~

La Chute de la Mariée, ce 26 octobre 2020

Blanche se rend au bureau de poste pour envoyer deux lettres en courrier express. Elle paie, range son portefeuille. On lui remet un livre commandé sur les régions de l'estuaire du fleuve Saint-Laurent : Bas-Saint-Laurent, Gaspésie, Côté Nord. Tant de souvenirs remontent en surface, comme lorsqu'une main ouvre une boîte contenant des photos, des lettres, un poème, les rubans pâlis avec lesquels elle avait noué et retenu la chevelure un soir d'été où l'amant avait posé la première fois sa bouche chaude et gourmande sur le cou de Blanche parfumé à la rose de Damas.

Depuis son arrivée en France, elle ne s'est guère mêlée de la vie courante, Blanche s'est sentie comme poste restante, une enveloppe coincée dans le temps à mi-chemin entre le lieu d'expédition et le lieu d'arrivée.

D'ailleurs, les gens de la commune la surnomment « la Canadienne » et tantôt « la Québécoise », même si elle est parvenue sans trop de difficultés à gommer son accent. Par mimétisme, elle parvient plutôt bien à s'approprier l'accent local. Au fil des années, elle s'est constitué un havre de paix fait de fleurs au jardin séparé des prés par un muret de pierres grises avec lesquelles la longère fut construite, d'envolées musicales au salon avec son piano de concert à la laque noire lustrée qui réfléchit la flamme de sa lampe à l'huile en étain.

Blanche songe au fait qu'elle peut soit partir avec sa valise et quelques partitions de Bach ou soit faire transporter son piano du Havre au Québec par bateau, puis par camion jusqu'à Valcourt Valley. La musicienne peut se permettre cette folie, sans aucun doute la dernière de sa vie. Pas question d'abandonner finalement ce fidèle témoin de sa solitude. Un piano en guise de compagnon pour remplir ses nuits, ce n'est pas rien. Elle en a assez des abandons : renoncer à l'enseignement, faire comme si elle n'avait jamais porté d'enfant, étouffer cette maternité, pleurer un amant perdu depuis si longtemps.

Dans sa future maison, elle conservera le long du mur du salon le piano droit de James et son piano de concert sera disposé en plein milieu de la pièce. Elle aura une armoire vitrée où elle rangera les partitions. Le reste lui importe peu.

∼

La Chute de la Mariée, ce 26 octobre 2020
Courrier express

Maître Julien Binocz,
Saint-Jérôme, Québec

Maître,

J'accepte la succession de feu James Fraser. Je reviendrai au Canada le 11 décembre. Je n'ai jamais renoncé à ma citoyenneté canadienne. De fait, je possède une double nationalité.
Veuillez s'il vous plaît me faire parvenir l'acte de propriété.
Respectueusement,

Blanche Boisjoli

∼

La Chute de la Mariée, ce 26 octobre 2020
Courrier express

Chère Neige,

Je viens d'écrire à votre notaire de mari. Au moment où vous lirez cette lettre, il aura reçu de son côté ma décision.
C'est oui pour retourner au pays. C'est oui pour replonger dans le monde de votre père naturel, James Fraser, qui ne m'échappera plus. C'est oui pour me refaire des racines en ma terre natale outre-Atlantique avant que la mort ne fasse chavirer

mon navire. J'ai le souffle un peu court, mais seules mes mains continuent de s'envoler sur le clavier. Je conserverai le piano droit de James, à partir duquel il me faisait des yeux doux, il me chantonnait des airs fous. Ça swinguait, ses mélodies dansantes, ça bougeait par en dedans quand il ralentissait le rythme.

À l'école, entre les devoirs à corriger, le grand tableau noir à laver et une religieuse qui me taquinait au sujet de mes cernes bleus en me disant que je n'étais pas restée en prière, prostrée sur un prie-Dieu toute la nuit, je trouvais le temps de tricoter un châle.

Ma chère Neige, j'y allais avec mes broches « un cœur à l'endroit, un cœur à l'envers ». J'osais croire que James me demanderait ma main pour la fin de l'été. De fait, il calma son désir à quelques reprises. Je fus naïve de succomber. Vous me comprenez. Mais cède-t-on vraiment ? Ou plutôt peut-on résister longtemps à cette marée montante qu'est l'amour ? Et puis dans ce flux en hausse s'entremêlent les chimères de l'esprit, les tourments du cœur, les cris incessants du corps… Ce corps qui veut qu'on se perde en lui. Ensuite, nous connaissons vous et moi l'issue de cette histoire qu'est la nôtre.

Je serai au Canada, à Montréal, le 11 décembre. Mon piano sera expédié par bateau au début de novembre.

Mon cousin Charles de Rivière-du-Loup, le seul parent avec qui j'ai gardé un contact constant depuis votre naissance, réceptionnera l'instrument avec ses deux fils et l'installera à Valcourt Valley. Il accordera aussi mon piano.

Durant ma grossesse, mon père me versa mon héritage avec comme seule mention : « Ce sera tout. Ne reviens plus. Adieux. » Je revins brièvement vers ma ville, mais ce ne fut que pour quelques jours après votre naissance, mais c'est une période sur laquelle je ne veux pas vous entretenir trop longtemps. Vous fûtes adoptée par ma meilleure amie.

Donc, les deux seuls éléments avec mes origines furent ma correspondance avec Charles et la parution de vos livres qui m'ont gardée vivante. Sans le savoir, vous m'avez maintenue tous les deux la tête hors de l'eau. Votre écriture me fut salvatrice. La musique m'a aussi apporté une bouffée d'air.

Vraiment, quelle pie je suis aujourd'hui ! Mon ton volubile doit être causé par la joie, sans aucun doute !

Je vous dis à bientôt.

Blanche Boisjoli

~

Trois-Montagnes, ce 30 octobre 2020

Sofia Binocz, en belle-mère attentive mais surtout curieuse, bien que bien intentionnée, débarque de sa voiture, ne prend pas la peine de réajuster son fichu noir agrémenté de roses. Elle entre sans cogner.

— Coucou, Neige, c'est Sofia. Tu es là ?

Neige avait retiré ses verres après avoir lu la dernière lettre de la main de Blanche. Elle avait les yeux rougis.

— Ah ! ma belle-maman chérie.

— Quelle mine tu as ! Ça va ?

— Trop d'ordinateur, je crois.

Neige met de l'eau à bouillir pour le thé. Sofia s'étire le cou. Neige la surprend à remuer le courrier.

— Vous êtes tellement prévisible, Sofia. Oui, Blanche viendra s'installer au Québec.

— Sainte Faustine Kowalska m'a exaucée.

— Laissez cette brave sainte tranquille.

Le thé est versé. Neige explique les circonstances liées au décès de James Fraser et le dossier de succession transféré « providentiellement » à Julien.

— Voici.

Sofia ne se laisse pas prier trop longtemps pour lire en diagonale la dernière lettre de Blanche. Elle est émue à son tour. Le silence momentané de Neige intimide sa belle-mère qui réchauffe le thé pour faire diversion.

Puis Neige explique à Sofia le fait que Blanche passera une semaine à Trois-Montagnes et qu'elle accepterait de passer une journée entière en compagnie de toute la famille.

Par la suite, Blanche sera conduite à Québec où l'attendra le cousin Charles qui l'amènera à Valcourt Valley.

Sofia félicite Neige du sens inné de l'organisation et propose de préparer des mets polonais et québécois pour cette fête familiale.

— Après toute cette cohue familiale, Blanche appréciera le silence dans le Bas-Saint-Laurent.

Sofia approuve. Elle se lève, embrasse Neige sur le front à la manière de Julien et part.

~

Trois-Montagnes, ce 1er novembre 2020

Chère Simone,

Je t'écris avec la permission de ta mère qui, émotivement, en a plein les bras. Elle se fait discrète, mais elle appréhende mi-figue mi-raisin des retrouvailles.

Ta mère a débuté au printemps dernier une correspondance avec une dame vivant près de Versailles en France. Peu à peu, la dame que ta mère surnommait C. P. 530 est une Québécoise exilée qui s'avère être sa mère biologique.

Par hasard, on m'a transmis le dossier de succession de feu l'amant de cette dame.

Bref, C. P. 530, de sa véritable identité Blanche Boisjoli, reviendra vivre au Québec.

Elle sera parmi nous en mi-décembre. Il me semble que ce serait bien que tu sois avec nous lors d'une fête de famille. Mamie Sofia organisera cette journée.

La suite avec ta mère sur Skype. Il y aura des discussions entre femmes intéressantes en perspective.

D'ici là, savoure bien la vie, la tienne avec tes amis.

À bientôt,

De ton père qui t'aime, Julien

~

Trois-Montagnes, ce 1ᵉʳ novembre 2020

Cher Christophe,

Je t'écris avec la permission de ta mère qui, émotivement, en a plein les bras ces temps-ci.

Ta sœur vient aussi d'être prévenue par courrier.

Tout commença le printemps dernier quand ta mère reçut de la correspondance d'une mystérieuse dame vivant près de Versailles en France. Ta mère la surnommait C. P. 530. Elles ont appris à se connaître et à développer une certaine complicité. Puis, au fil du temps, on en vint à comprendre que C. P. 530 était Blanche Boisjoli, une Québécoise exilée. Elle n'est nulle autre que la mère biologique de ta mère.

C'est compliqué tout ça. Mais ça ne s'arrête pas là. Le hasard a voulu que je m'occupe du dossier de succession de l'amant de cette dame.

Blanche revient vivre au Québec en décembre. Ce serait sympathique si tu étais parmi nous, lors d'une journée familiale organisée par Mamie Sofia.

La suite avec ta mère sur Skype.
Sois en paix avec tes choix, en harmonie avec la vie.
À bientôt,

De ton père qui t'aime, Julien

~

Julien termine la rédaction des lettres. Avant de les plier, il les montre à Neige qui les parcoure rapidement. Elle saisit un stylo à l'encre mauve pour écrire un nota bene.

« Approuvé par Neige. Bisous. »

Neige fait signe à Julien de l'index de s'incliner. Il s'exécute. Elle lui tourne la tête, dépose ses lèvres tendrement contre celles de son époux. Elle l'aime ainsi quand il se montre doux et ouvert.

— Tes mots sont du réconfort. Merci, mon beau Julien. Ça me soulage.

Dès le début de la correspondance avec Blanche, Neige avait senti que le cours de sa vie serait changé. Elle avait accepté par anticipation que sa vie fût chamboulée de l'intérieur. Il ne pouvait pas en être autrement. Au départ, elle avait cru avoir affaire à une admiratrice trop téméraire qui avait outrepassé les bonnes manières en court-circuitant l'éditrice et l'agent littéraire.

Puis, Neige comprit que sa correspondante voulait tisser des liens, voire renouer des liens distendus par le temps et la distance, avec cette impression que cette dame la connaissait tout autant qu'elle-même. Il fallait bien que Julien y consentît.

À la surprise de Julien, Blanche s'étire le bras et lui tend un dossier contenant des copies de lettres envoyées à C. P. 530 et les lettres originales reçues de France. Quelques photos agrémentent l'album.

— Ce sera pour nos enfants, plus tard. Je leur ferai lire le tout, si Blanche n'y voit pas d'objections.

Julien sourit et constate que Neige a classé par ordre chronologique la correspondance. Des notes de Pierre complètent le tout sur la famille Dénommé.

— Tout y est, ma douce. C'est délicat de ta part. Nous pourrions compléter éventuellement avec des textes de Tadeusz et de mes oncles, Jakub et Florian.

— Oui, c'est vrai. Glisses-en un mot à Tadeusz.

Au dos du dossier, Julien appose une étiquette *Blanche et Neige, les origines*.

— Bon, c'est l'heure du kir, ma chérie !

∼

6 novembre 2020

En leur lieu respectif, Simone à Vancouver et Christophe à Gaspé ouvrent leur courrier. Ils sont stupéfaits de la teneur de la lettre. Ils relisent deux fois plutôt qu'une.

Simone et Christophe s'installent devant leur écran.

julien.binocz@notaire.com
cc   neige.denomme@ecrire.com

Cher papa Julien,

Qu'elle me déconcerte, ta lettre. Je n'en reviens tout simplement pas que maman Neige ait attendu 60 ans pour apprendre cette nouvelle. Je suis bouche bée.

Cela va de soi que je serai présente pour cette fête. Je confirme ma présence.

Si cela ne pose pas problème, je passerai une partie de mon séjour au Québec chez Mamie Sofia qui gagne en sagesse et en humour. Elle m'écrit souvent. Je l'adore.

D'accord, je verrai les modalités de mon arrivée.

Je vous embrasse bien fort tous les deux.

Simone

julien.binocz@notaire.com
cc   neige.denomme@ecrire.com

Cher Julien,
Ta lettre m'a permis de comprendre que le temps arrange les choses, que le pardon doit être mis à l'agenda.
Oui, je serai au rendez-vous. Je me ferai remplacer au centre culturel. Les activités se tiendront une semaine sans moi. J'occuperai si possible mon ancienne chambre.
J'ai failli tomber en bas de ma chaise en te lisant. Comme Blanche doit être soulagée par cette levée des secrets. Neige est forte. Elle encaissera le poids de cette révélation après toutes ces années.
À suivre. Grosses bises à toi et à maman.

Christophe

~

Puis, de leur côté, Julien au bureau et Neige à sa table de travail se réjouissent à l'avance des retrouvailles.
Le téléphone de Sofia sonne. Julien est au bout de la ligne.
« Merde, la ligne est toujours occupée », pense Neige après trois essais infructueux.
Puis Sofia téléphone à Neige.
— Je viens de parler avec Julien. Je voulais te rencontrer.
— D'accord, on se voit pour le thé. À tout à l'heure.

~

Sofia et Tadeusz entrent sans sonner. Ils savent où trouver Neige installée à la table de cuisine. Neige se lève, leur sourit et leur verse de l'Earl Grey odorant.
— Tadeusz pense que j'en fais toujours trop, énonce Sofia qui retire son fichu fleuri.

— Disons que tu es de nature expansive, émet son mari.

La belle-mère tend la liste des éléments à ne pas oublier pour la journée famille de Blanche.

— Vous voyez à tout. Ça me convient, ajoute Neige.

— Vraiment, vous êtes toujours sur la même longueur d'onde, souligne Tadeusz.

Sofia et Neige sourient, amusées par l'observation du vieil homme. Sofia songe même à couronner pour cette journée Blanche de fleurs pâles afin de souligner la fêtée, même s'il s'agit de retrouvailles et d'une présentation de la famille. Tadeusz sortira son violon, question de donner de l'ambiance çà et là, au cours de la fête. Il étire le bras, tombe sur la photo où Neige est tenue par ses parents adoptifs.

— À l'orphelinat, beau-papa.

En entendant le mot « orphelinat », Tadeusz enfouit son visage dans ses mains aux doigts effilés. Il sanglote.

— Mon mari est un nostalgique.

— Sofia, je suis vieux, mais je suis lucide tant pour le passé, le présent que par rapport au futur.

— Oui, Tadeusz.

Sofia met son index devant sa bouche, puis fait un rond dans l'air. Neige comprend la gestuelle qui signifie : « Je t'en reparlerai plus tard, quand il ne sera pas là. »

Les deux femmes reprennent leur discussion autour de la liste des choses à faire : décorations, recettes à préparer ensemble, etc.

∼

Tadeusz replonge dans le passé. Il revoit ses frères Jakub et Florian nouvellement enrôlés, si fiers dans leur uniforme. Leur mère craignait que le cadet Tadeusz ne fût pris aux jeux de la guerre. Elle frappa à la porte du Couvent des Ursulines, à mi-chemin entre Katowice et Cracovie. Elle avait couvert la tête de son fils avec un vieux chapeau difforme et placé un chiffon en boule sous sa veste pour lui donner une allure de bossu, juste au cas d'une rencontre inattendue avec des soldats teutons.

Une sœur ouvrit une trappe derrière une grille rectangulaire en fer forgé.

— Qui va là ?

— Madame Barbara Binocz et mon fils. Nous arrivons de Katowice.

— Entrez et attendez une minute.

Ils attendirent dans un minuscule préau qui devait servir de vestibule extérieur à l'établissement. Tadeusz enleva son chapeau. Des corbeaux survolaient les bâtiments sous les brumes de novembre. À la gauche, le couvent des sœurs, au centre, une chapelle étroite et haute visait le ciel, puis à droite, l'école et l'orphelinat. Madame Binocz passa sa main dans la chevelure blonde ondulée de Tadeusz. Une supérieure se présenta.

— Madame, qu'y a-t-il ?

— Mère, dehors, la guerre sévit. Mes deux autres fils veulent s'amuser à faire les hommes, mais lui, prenez-le. Il se prénomme Tadeusz. Il a 16 ans.

— Madame, il est presque un adulte. Nous sommes des enseignantes cloîtrées. Nous tenons une école pour filles et un orphelinat à cause des abandons d'enfants.

— C'est un garçon brillant… Parle, mon fils ! Dis-lui ce que tu sais faire !

— Madame, j'ai bien peur que…

Tadeusz sortit son violon, joua le début du *Printemps* de Vivaldi, pendant que, dans le couvent, on tendait l'oreille et que, du côté des classes, des visages d'enfants regardaient par les rares fenêtres.

— C'est très bien. Merci. Hormis la musique, que connaissez-vous ?

— Je parle et j'écris polonais, allemand, yiddish et français.

L'ursuline se signa et lui sourit.

— Madame, votre Tadeusz est la réponse lumineuse à nos prières.

La religieuse expliqua qu'une religieuse âgée qui enseignait le polonais et l'allemand était décédée ces derniers jours.

En outre, un bienfaiteur avait donné des violons d'enfants au monastère, sans oublier l'arrivée de gamins juifs qu'il fallait mêler aux autres orphelins sans éveiller toute suspicion dans les environs. Il fallait leur apprendre des prières chrétiennes par précaution. Les sœurs ne pouvaient se permettre une rafle.

— Donc, votre fils arrive en un temps opportun, si vous saviez, Madame. Je demanderai une dérogation à l'évêque qui est le neveu de notre bienfaiteur.

— Je pourrais…

— Vous pourriez, Tadeusz, enseigner les langues aux fillettes. Vous pourriez aussi repérer les orphelins présentant un talent pour la musique. Vous mettrez de la vie et de la grâce en nos murs.

Tout le monde semblait ravi de ces arrangements. Tadeusz vécut le temps de la guerre dans un appartement minuscule, sis à côté de celui du chapelain. Ils furent les deux seuls hommes autorisés à circuler de la chapelle vers l'école et l'orphelinat.

Le jeune homme fut vite apprécié tant par la communauté que par le chapelain qui en profita pour parfaire son français. Il fut logé, blanchi, nourri, mais sans salaire. Cela lui convenait.

Les élèves étaient attentives à la présence et à la pédagogie de cet artiste blond. Il lui arrivait parfois de rassurer les orphelins en yiddish, tout en passant de plus en plus de temps à leur parler en polonais et en allemand. Il avait repéré parmi eux une douzaine de garçons de l'orphelinat et une douzaine de jeunes filles de l'école. Au bout de quelques mois, les enfants parvinrent à un niveau intéressant de jeu, au point de tenir de miniconcerts le samedi après-midi devant les religieuses assemblées derrière des demi-grilles à la chapelle conventuelle.

Peu à peu, dans cet établissement, grâce à Tadeusz, les comptines et la poésie versèrent la joie dans le cœur des élèves, sans oublier la musique entendue jusqu'aux murs d'enceinte du monastère.

Les deux autres fils sortirent vivants, presque par miracle, de la guerre, prêts à émigrer avec leur cadet Tadeusz vers le Canada.

∼

— Mon ange, nous partons, annonce Sofia.

— Comme c'est romantique d'appeler ainsi son mari après toutes ces années, commente Neige.

— Mais c'est quand même moi qui me tape la vaisselle à laver après les repas, rouspète-t-il aussitôt.

— Tut, tut, tut, mon mari.

Sofia remet son fichu fleuri sur sa tête. Elle embrasse sa belle-fille. Tadeusz fait le baisemain à Neige.

— Vous êtes un gentilhomme, Tadeusz.

Puis Sofia prend le bras de son époux. Les deux sortent. Neige se dit que ces deux-là s'aiment encore comme autrefois. Cela la rassure en dépit de l'usure des sentiments causée par la routine et un besoin de contrôle chez l'autre à une époque pas si lointaine.

Neige téléphone à Sofia qui vient à peine de monter dans la voiture.

— A-t-on oublié quelque chose ?

— Je suis une ingrate. J'ai omis de vous remercier, Sofia. Merci d'être là, une bienveillante alliée à mes côtés.

— Tadeusz et moi, nous t'embrassons. Puis, dis à Julien de venir saluer son père plus souvent. Il s'ennuie de son fils.

Sofia raccroche, puis le véhicule part.

Trois-Montagnes, ce 9 novembre 2020

Chère Blanche,

Comment allez-vous ? Durant votre séjour, vous rencontrerez Sofia, ma belle-mère. Tout un personnage flamboyant. Tadeusz, mon beau-père, sera là aussi. Il a enseigné le violon à des enfants, dont des orphelins en Pologne chez les Ursulines. Vous aurez des histoires de couvent à vous raconter, en plus de la musique en commun.

Je débute l'écriture d'un roman où une écrivaine renoue avec sa mère. Vous n'y voyez pas d'objection ? Nos échanges sont un terreau fertile. Les auteurs vampirisent le présent pour transposer le tout en fiction.

Où en êtes-vous rendue dans vos cartons, dans le classement de vos souvenirs ? Y a-t-il quelque chose que je puisse faire pour vous aider ?

Je vous embrasse,

Neige

~

La Chute de la Mariée, ce 20 novembre 2020

Chère Neige,

Décompte final pour la France. Je me balade dans le village la nuit sous les hululements d'une chouette. Tout dort, du moins en apparence.

Mes cartons avancent bien. Bach en partitions est rangé à côté de Mozart et de Brahms. Je n'aurai finalement que deux cartons envoyés dans deux jours par bateau. Une société viendra aussi emballer le piano qui transitera par Paris-Le Havre, puis direction Québec.

J'ai bien hâte de faire la connaissance de tes beaux-parents. Tu m'en parles avec tant d'affection.

Quant à la vaisselle, aux livres, aux meubles, tout reste sur place, puisque le fils du maire de la commune a acheté la maison. Il cherchait une demeure ancienne pour sa famille : femme, trois enfants en bas âge, un chien, deux chats. Le jardin fleuri et le petit potager plairont à madame et aux gamins.

À suivre. À bientôt.

Blanche

∼

Trois-Montagnes, ce 7 décembre 2020

Neige vient de recevoir le courrier de Blanche. Elle se dit qu'à cette heure-ci, le piano à queue de Blanche dort quelque part dans la panse d'un navire de marchandise, probablement au Havre.

Mais ce qui fait sursauter Neige, c'est le glissement, le passage du vous au tu. Ainsi, le rapprochement est un océan déjà franchi ou presque pour Blanche. Mais en est-il pareil pour Neige ? Ça, elle ne le sait pas. Il est vrai que si Blanche reprend des habitudes québécoises, on tutoie plus facilement ici qu'en France où les relations sociales sont plus codifiées et rigides.

Neige comprend l'enthousiasme de Julien, de Sofia et les émotions à fleur de peau de Tadeusz qui en savait plus d'un chapitre sur les orphelins qui pleuraient dans le dortoir la nuit et qui appelaient en yiddish les bras du père et le tablier de leur mère.

Elle imagine, disons anticipe, ces retrouvailles comme un deuil à faire du passé, d'une mascarade de famille, même si elle a aimé et qu'elle aime encore ses parents adoptifs. Elle peut compter sur ses proches. Tout le reste importera peu, car la vie n'est faite que de cycles, d'arbres qui bourgeonnent, de fleurs qui s'ouvrent au soleil, d'oiseaux migrateurs, de givre couvrant la pelouse, de rivières qui coulent sous couvert de glace dans l'espérance d'un printemps.

Neige porte son regard sur l'avenir, en se disant chanceuse. Elle aura eu trois mères dans sa vie : Eugénie, Sofia, Blanche, en plus de porter trois enfants.

Elle n'aurait pu espérer mieux de ce côté, en dépit des aléas que la vie lui a saupoudrés sur sa route, dont la perte de son aîné, Philippe.

~

La Chute de la Mariée, ce 8 décembre 2020

Blanche est nerveuse. Elle sait que dans les jours prochains, elle remettra la clef au nouveau propriétaire, elle fermera les volets, mais elle se réjouit tout de même à l'idée que des rires d'enfants fuseront ici et là, derrière le tilleul et sous les glycines.

D'ailleurs, durant ces dernières nuits, elle allume des chandelles et répand allègrement du sel. Elle parle aux esprits, aux âmes tourmentées qui hantent les lieux. Elle les invite à transiter de ce monde clair-obscur vers la lumière. Elle ordonne aux tortionnaires d'expier leurs fautes et aux victimes d'étreindre les bourreaux pour que le mal cesse, que la douleur s'estompe et que les murs de cette maison regagnent des vibrations de joie et de vie.

Au bout de ces nuits de prière et d'incantations proférées, les esprits ont frappé de moins en moins fort sur les meubles anciens.

Hier soir, des halos de lumière se sont formés au-dessus des chandelles, d'abord discrets comme des lucioles aperçues au crépuscule dans une forêt, puis en boules de feu disparaissant entre les volets légèrement entrouverts.

Blanche sait en son for intérieur que la maison est pacifiée à présent et que les nouveaux occupants ne seront pas embêtés par l'histoire avec un grand H.

Elle aura accompli sa mission de passeuse d'âmes. Elle pressent qu'elle devra faire la paix avec James Fraser. Elle le ressent. Son cœur palpite. Elle boit le fond d'une théière marron contenant de la camomille rendue tiède pour se calmer, puis elle éteint tout.

~

Le 11 décembre 2020

À l'aéroport Charles-De-Gaulle, le fils du maire de la commune de La Chute de la Mariée dépose Blanche.

— Vous avez tout, Madame Boisjoli ?

— Oui, Monsieur Samuel, mes billets, mon passeport, ma petite valise. Je vous remercie.

— Écrivez-nous quand vous serez installée dans votre nouvelle maison.

— Je n'y manquerai pas. Soyez heureux dans cette longère historique.

Blanche entre, emprunte un corridor qui la mène à la sécurité. Une fois cette étape franchie, elle ajuste son masque de coton sombre, puis se rend près de la porte d'embarquement. Elle repère un café où elle consomme un cappuccino et une brioche. Elle regagne ensuite la porte d'embarquement.

C'est l'un des derniers vols pour la Nouvelle-France, comme elle se plaît à le penser. Une fois l'avion décollé, elle a une vue lumineuse, c'est le moins que l'on puisse dire, sur Paris et l'Île-de-France. Elle n'a pas sommeil. Elle ouvre une partition de Satie. La musique ruisselle dans sa tête. Elle risque bien de passer une partie du vol à pianoter délicatement sur le plateau émanant du dossier du passager assis devant elle. L'agent de bord semble fasciné par cette vieille dame qui joue de la musique comme une enfant joue dans un carré de sable.

Le voisin de droite jette un coup d'œil sur la partition et approuve par un large sourire le choix de Blanche.

~

Neige somnole à son secrétaire. Elle se voit gamine dans une salle des pas perdus. Elle est vêtue comme une jeune communiante, robe blanche, petit voile tombant aux épaules. Côté cour, Eugénie ouvrant les bras, puis faisant une gestuelle pour inviter l'enfant à s'éloigner. Côté jardin, Blanche ouvre aussi les siens pour accueillir la petite. Neige se retourne. Eugénie opine de la tête comme s'il s'agissait d'une évidence écrite dans le ciel. Au centre, Sofia, reconnaissable à son fichu fleuri, mais au visage plus jeune, qui fait signe à l'enfant paniquée. Sofia l'assoit sur ses genoux, la rassure. Par la suite, Eugénie et Blanche se font la bise, heureuses de se retrouver.

Neige sursaute, se réveille, téléphone à sa belle-mère.

— Il semble bien, Neige, que tu doives harmoniser ton passé et ton présent. Blanche eut la délicatesse de te faire adopter par sa meilleure amie. Sois tout de même reconnaissante.

— J'étais l'enfant préférée d'Eugénie et d'Auguste sans trop savoir pourquoi… Bon, embrassez Tadeusz pour moi et dites à Julien que je l'attends pour cueillir Blanche à Montréal-Trudeau.

~

Dans la voiture, Neige est quelque peu nerveuse.

— Ça va, chérie ?

— Je me sens telle une comédienne qui passe une audition pour le plus grand rôle de sa vie.

— D'accord.

— Surtout, Julien, ne me force pas à sourire et à rire aux éclats, si le cœur n'y est pas.

— Compris.

Le reste du trajet s'effectue en silence. Neige ne supporte même pas la radio. Elle repense à la conversation qu'elle vient d'avoir avec Sofia.

Au moment où Julien gare la voiture, Neige énonce…

— Ta mère Sofia, quelle femme extraordinaire !

— Je sais. C'est pour cela que j'ai marié en quelque sorte sa copie conforme en bien des aspects.

— Julien, tu es un amour.

Julien fait un clin d'œil à son épouse, puis ramasse sur la banquette arrière un carton.

— Qu'est-ce que c'est ?

— Une idée de ma mère, voyons.

Julien déplie le carton sur lequel est écrit : « Bienvenue chez vous, Blanche. Nous vous attendions. »

Neige prend son mari par le bras et Julien tient le carton devant lui de la main gauche en entrant dans l'aéroport. Au loin, ils aperçoivent une femme âgée aux cheveux blancs montés en chignon, mais ressemblant étrangement à Barbara avec ce port de tête altier en dépit du couvre-visage et cette taille fine. Blanche s'immobilise, retire son masque qui lui coupe le souffle, repère Julien qui dépasse d'une tête Neige. Cette dernière se met à sangloter. Julien lui remet un mouchoir en coton pour essuyer le mascara qui coule. Neige prend une grande inspiration, puis tend les bras. Blanche accourt et s'y réfugie.

— Ma fille, enfin. Désolée de t'avoir chamboulé le cœur par mes lettres.

— Chut ! Blanche, elles étaient parfaites, vos lettres. Nous voilà réunies.

Elles s'embrassent longuement. Julien sort le portable de Neige afin de saisir l'instant en deux, trois photos.

— Mesdames, vous êtes immortalisées ensemble. Et moi, je n'ai pas droit à un câlin, belle-maman…

— Ici, dans mes bras, mon cher gendre.

Après les bises hésitantes, Blanche souhaite remettre son masque.

— Soyez sans crainte, personne n'est malade dans la famille. Neige et moi, sans oublier Sofia, nous avons bien nettoyé nos maisons respectives. Tout le monde est très prudent.

— À la Chute de la Mariée, je n'allais qu'à la boulangerie et au bureau de poste. Seul monsieur Samuel, l'acheteur de ma longère, a franchi le seuil en prenant soin de se stériliser les mains.

Julien tient son épouse et sa belle-mère par les épaules fièrement, avant de se charger du transport de son menu bagage.

Neige regarde les photos qu'elle enverra par textos à Simone, à Christophe, à Sofia et Tadeusz.

∼

La Chute de la Mariée, ce 12 décembre 2020

Monsieur Samuel prend possession des lieux. Lui et son épouse font le tour de la maison, pendant que les enfants explorent le jardin. Ils ouvrent les volets. La lumière entre en ce lieu jadis plus habitué à la pénombre qu'à la clarté.

On découvre un paquet de photos en noir et blanc montrant un pianiste et une jeune femme ravie émanant au bas d'une armoire.

— Berthe, qu'allons-nous faire de ces photos ?

— Tiens, Fabrice, je viens de trouver cette note… « Si jamais vous trouvez quelque chose par hasard, veuillez me le communiquer via ma fille, Mme Neige Dénommé, Trois-Montagnes, Québec, Canada. »

Effectivement, la longère avait conservé en ses murs, à tout le moins au grenier, des tricornes de feutre noir, quelques étoiles jaunes et une casquette d'officier nazi. Le couple convient d'envoyer ces objets à la Bibliothèque nationale de France, puis de transmettre les photos à Neige. Ce sera la meilleure solution en attendant des nouvelles de l'ancienne occupante des lieux.

~

Trois-Montagnes, ce 12 décembre 2020

Julien, Neige, Blanche vont prendre une bouchée au café-pâtisserie du village. À peine assis, Madame Flaherty s'annonce plus ou moins discrètement.

— Monsieur le notaire et sa dame.
— Bonjour, la maîtresse de poste.

En fait, Madame Flaherty veut connaître l'identité de Blanche. Julien et Neige la font languir en lui parlant du confinement interminable cette année, de l'hiver arrivé précocement.

Neige trouve dans son sac à main une enveloppe lavande et la montre comme indice.

— Ah! Case postale 530! s'exclame la maîtresse de poste qui a, selon toute vraisemblance, une excellente mémoire visuelle.
— C'est la dernière lettre de notre invitée, Madame Blanche Boisjoli.
— Je suis une fidèle admiratrice de longue date de notre écrivaine, répond Blanche.
— Vous vous ressemblez beaucoup, en tout cas, en plus de la similitude des prénoms, insinue Madame Flaherty.
— Qui se ressemble s'assemble, cite Neige.
— Et puisque le chat doit sortir du sac… Je suis sa mère biologique, annonce Blanche sans tambour ni trompette.
— Mais, Madame Dénommée, sa mère… demande la maîtresse de poste.

— Ma meilleure amie et son mari étaient charmants. Ils ont adopté Neige quelques jours après sa naissance. Honteuse, j'ai refait ma vie en France. C'est par hasard que j'ai abouti dans un bled bucolique nommé La Chute de la Mariée. On ne saurait trouver mieux pour une jeune fiancée qui s'est fait larguer de nuit par son futur époux.

— J'en ai le souffle coupé. Je ne voulais pas m'immiscer dans vos histoires de famille, balbutie Madame Flaherty.

— Nous en sommes aux retrouvailles, murmure Julien.

Madame Flaherty va s'asseoir un peu plus loin avec son plateau et un journal qu'elle feuillette nerveusement.

— Elle note tout, mais elle est muette comme une carpe, souligne Julien.

— Mon beau Julien, on s'en fout. Les gens ont évolué, heureusement.

La pause étant chose faite, Julien décrète que la séance est levée.

Blanche s'approche d'elle pour la remercier d'avoir été un lien important de transmission avec sa fille retrouvée. Madame Flaherty rougit et envoie la main au notaire et à son épouse.

— Savourez le temps présent. Je suis heureuse pour vous trois, vraiment, ajoute la maîtresse de poste.

∼

Trois-Montagnes, ce 12 décembre 2020

Neige vient de recevoir un texto de la part de son fils. « Neige, j'arrive d'ici 5 minutes. Sur l'autoroute. Bye. Love. »

— Blanche, vous allez connaître le dernier des trois enfants. Il s'en vient.

Julien entend la voiture qui se stationne. Christophe entre avec un sac en bandoulière, le dépose et donne l'accolade à son père.

— Je suis très content de te voir, Julien.
— Moi aussi, fiston.

Neige est agréablement surprise de la complicité retrouvée entre ses deux hommes pourtant en froid depuis des années. Blanche, émue par les photos d'enfants dans l'album de famille, lève la tête.

— James !
— Non, c'est Christophe le cadet.

Christophe comprend alors qu'il est une réminiscence du passé. Il ouvre les bras. Blanche s'y réfugie.

Puis Neige amène son fils sous la lumière. Des reflets roux irradient de la chevelure blonde et bouclée.

— Notre fils est un Binocz. Il a ma tête dure et mes boucles. Il est pianiste et accordéoniste. Il tient cela de Tadeusz, mon père, précise Julien.

— Mais cette gueule carrée, ces yeux bleus d'une eau limpide comme un loch d'Écosse et ce feu dans la tignasse, c'est son autre grand-père James, déclare Blanche.

Neige ressort la photo de James Fraser au piano, la met à côté de la tête du jeune homme et déclare :

— Ma foi, c'est une cuvée Fraser-Binocz. J'adore !

Neige prend le menton de son fils et appose ses lèvres sur son front. Blanche applaudit.

— À donner trop d'égards à Christophe, je vais devenir jaloux, souligne un Julien moqueur.

Lors du repas, Julien sert les plats et Neige remplit les coupes. Les rires fusent de la cuisine. Le téléphone sonne. Neige répond et Sofia entend bien que tout est sous contrôle. Elle s'en réjouit et annonce son arrivée le lendemain matin pour la fête.

Trois-Montagnes, ce 13 décembre 2020

Vers les 11 heures, Julien et Christophe repoussent le mobilier du salon, disposent des chaises, un piano électrique.

Blanche a revêtu une robe noire, s'est parée d'un œil de chat à la Barbara, d'un collier de perles grises. Neige lui met sur les épaules un joli châle polonais fleuri pour atténuer l'austérité de sa mère.

Puis, Pierre, Rose, Sofia, Tadeusz, Simone émanent de deux véhicules avec plats cuisinés et bouteilles de vin.

— Julien, tu es l'hôte de la maison, fais les présentations.

Pierre et Rose, les frère et sœur adoptifs, contemplent cette revenante de Rivière-du-Loup et n'en reviennent tout simplement pas de la ressemblance entre la mère naturelle et sa fille. Ils vont porter des plats à la cuisine et mettent au frais le vin.

Tadeusz s'approche, fait le baisemain en silence, verse une larme. Christophe s'installe au piano et Tadeusz sort son violon pour enchaîner avec une mélodie tzigane. Sofia couronne Blanche de roses pâles. La fêtée s'assoit à côté de Neige.

Pierre et Rose ont déniché dans le grenier de Pierre les vêtements de bébé tels qu'au jour de l'adoption. Eugénie et Auguste les avaient conservés comme une relique. Le maquillage de Blanche se met à couler. Elle prend sa fille dans ses bras.

— Pardon.

— Vous n'avez pas à vous excuser, maman. C'était l'époque.

Blanche pleure de plus belle, d'autant plus que c'est la première fois qu'on l'appelait ainsi. Sofia va chercher un mouchoir pour essuyer les joues de Blanche.

— Venez, je vais vous aider à vous refaire une beauté. Simone, viens avec nous.

Pendant que Sofia et Blanche discutent, Simone refait le maquillage de Blanche qui parvient à se calmer, à reprendre son souffle.

Sofia remarque que Blanche fixe avec une certaine insistance Simone. Blanche rompt le silence.

— Simone, j'avais une taille aussi fine quand je suis devenue amoureuse de James. Prudence avec les garçons.

— N'ayez crainte, ma mère et ma grand-mère me conseillent, même si je vis à Vancouver, explique Simone en lançant un clin d'œil complice à Sofia.

De retour au salon, Blanche va pianoter à quatre mains avec Christophe. Tadeusz les accompagne sur cet air de Chopin.

Puis, Pierre et Rose font le service. On porte un toast à la santé de Blanche. À la grande surprise de Sofia, Tadeusz raconte avec un certain détachement sa jeunesse, ses frères, le monastère des Ursulines, les cours de langue, l'ensemble de violons, les jeunes filles, les orphelins, la fin de la guerre, le retour de ses frères avant le départ pour le Canada.

Durant la fête, Blanche a vite compris les liens solides entre sa fille naturelle et Sofia. Depuis la mort d'Eugénie et d'Auguste Dénommé et depuis le mariage, Neige a vu en Sofia une mère et cette dernière a bien voulu de cette complicité-là. Ensemble, elles forment une trame stable sur laquelle les autres membres de la famille peuvent se réfugier, s'agripper, se greffer. Elles sont des matriarches de clan, tout naturellement.

La journée avance. Blanche se considère choyée d'être en si bonne compagnie. Pierre et Rose promettent de la visiter à Valcourt Valley, sans oublier Simone qui se voit remettre par Sofia de la papeterie pour correspondance.

— Ma belle enfant, tu feras du Skype avec ta mère, mais tes deux grands-mères se mourront d'envie d'avoir de tes nouvelles.

— Il n'y a pas assez d'une écrivaine dans la famille ? ajoute Simone.

— Je serais ravie que tu te mettes à l'écriture. Ça permet de voir plus clair. Vraiment, souligne Neige.

— De plus, je suppose que papa voudra aussi un p'tit mot d'amour à l'occasion.

Julien sourit, puis avale d'un trait une rasade de vin pour masquer sa gêne.

— C'est décidé, on aura deux écrivaines dans la famille. On a déjà trois musiciens avec l'arrivée de Blanche, lance Neige.

— Maman, n'exagère pas. Mamie Sofia, on y va tout doux. J'écris, mais avec des images, des sons et des mots. Je scénarise. Je filme. Que chacun et chacune explore son imaginaire comme bon lui semble, conclut Simone.

~

Trois-Montagnes, ce 18 décembre 2020

Maintenant, Neige ne tient pas à faire la route jusqu'à Québec. Julien et Christophe se sont offerts spontanément pour accompagner Blanche. Le cousin Charles et ses deux fils l'attendent à Québec depuis la veille.

Neige a noté que Blanche, à force d'embrassades et d'étreintes, faisait comme un chat qui laisse son empreinte sur les êtres et les objets. Malgré son apparente indépendance, elle marque ses repères, redessine ses itinéraires d'hier à aujourd'hui, en fragmentant sa vie par cycles de sept ans ou presque, comme si la vie la secouait par le hasard pour lui rappeler qu'elle était toujours vivante.

Durant tout le trajet, Christophe insère des CD de Jean Ferrat, de Brel, de Barbara, car Neige n'écoutait que cela ou presque, à part du classique. Blanche ferme les yeux quand Barbara chante et ses doigts pianotent sur les épaules larges de son petit-fils amusé.

— On sera rendus à Québec dans 30 minutes.

— Julien, taisez-vous, écoutez la fluidité de sa voix, les notes de piano qui s'envolent et nous soulèvent.

— Ma femme me tient le même discours. Telle fille, telle mère.

Depuis l'annonce de son retour au Canada, Blanche a l'impression d'évoluer dans un film étrange. Certains moments lui semblent en accéléré, alors que d'autres sont au ralenti. Elle n'a eu de contrôle que sur la prise de décision du retour au pays natal et de conserver son piano à queue qui narguera au salon le piano droit et muet de James.

Blanche ouvre les yeux au moment où Julien gare la voiture tout près de la Terrasse Dufferin. Elle aperçoit le cousin Charles, un colosse aux cheveux blancs, et ses deux fils. Elle se précipite dans ses bras. Le piano attend dans un grand camion pour le déménagement, le seul élément à part trois cartons de partitions. Blanche fait les présentations, puis on se quitte avec des promesses de visites.

— Papa, pas de demi-mesure avec elle, remarque Christophe.

— Elle revient de loin. Une femme de 80 hivers qui remonte le temps. Tu seras à deux heures de chez elle. Pourrais-tu dès que les routes seront en meilleur état la visiter deux fois par mois ?

— Excellente idée. Je compte lui téléphoner une fois la semaine pour la rassurer.

— Mon fils est courtois.

— Je retiens cela de toi, papa.

Christophe ouvre soudainement son portable et envoie un texto.

Dans la voiture, Julien entend un bip lui signifiant l'arrivée d'un message. Il ouvre, croyant recevoir un mot de Neige, mais il découvre que Christophe lui a envoyé un gros cœur rouge. Père et fils se toisent en silence. À son tour, Julien cherche maladroitement dans les émoticônes. Il transmet à son fils un cœur tout aussi rouge. Père et fiston sont heureux de ce rapprochement.

Puis, Julien texte à Neige…

— Quand le destin nous ouvre une porte, pourquoi la refuser ?

Neige lui répond…

— Merci de t'être laissé porter par mon délire de correspondance ! Blanche est-elle arrivée à bon port ?

Julien passe son portable à Christophe qui écrit ce que lui dicte son père…

— Elle est avec le cousin Charles. Grande complicité, ces deux-là. Retour à la maison avec Christophe qui partira demain. Arrivée dans deux heures trente pour un kir à trois. Bisous.

∼

Valcourt Valley, ce 18 décembre 2020

Blanche et Charles ont fait un arrêt à Rivière-du-Loup pour acheter de la vaisselle et des romans. Il lui faudra quelques jours avant de manger dans les plats de James. Avec Blanche, tout est question d'attrait et de pudeur. Elle a ouvert les armoires, les placards.

Charles et ses fils ont installé le piano en plein centre du salon, tandis que le piano de James couleur caramel est adossé au mur. Cette grande maison de campagne possède des murs extérieurs peints en blanc et en vert bouteille. Du côté Maine, à l'arrière de la maison, c'est la forêt sombre composée surtout de cèdres et de mélèzes où entrent de rares rais lumineux. À l'avant, côté Québec, un chêne anglais avec ses feuilles cuivrées encore accrochées à sa cime trône majestueusement et des églantiers attendent le printemps pour refleurir. Blanche sent qu'elle se plaira dans ce lieu.

Charles accorde maintenant le piano de Blanche en moins d'une heure. Les fils marchent à l'orée de la forêt, évitant de fouler sous leurs pas des buissons endormis.

Blanche donne à son cousin une grosse accolade pour le remercier.

— J'espère que tu seras enfin heureuse ici, au Québec. La vie t'aura fait rattraper James.

Elle lui sourit pour approuver. Elle le ressent aussi au plus profond d'elle-même.

— Merci, les garçons, pour vos bras et votre accueil. Ça fait du bien.

Les garçons sourient, mais semblent impatients de laisser leur père à Rivière-du-Loup avant de s'en retourner à Québec.

∼

Valcourt Valley, ce 20 décembre 2020

Un ex-policier octogénaire cogne à la porte. Blanche l'avait aperçu au travers du rideau de dentelle du salon. Elle se demande ce qui peut bien clocher pour recevoir cette visite.

— Bonjour, mon cher Monsieur.

— Bernard Lacasse, votre voisin.

— Eh, entrez, s'il vous plaît. « On ne chauffe pas le dehors », comme le disait ma mère. Secouez vos bottes, mais ne les retirez pas.

— Je veux juste vous souhaiter la bienvenue dans le coin. J'habite au bout du chemin, côté Québec.

Blanche se fige un bref instant. Elle voit l'homme découvrir James écume à la bouche. Il prend le pouls du défunt, remplit un document sommaire, appelle un médecin du village d'à côté pour constater le décès. La lettre-testament est ramassée. Pour le reste, il ne touche rien avant l'arrivée du médecin. Il se recueille et fait une courte prière pour son ami parti sans lui avoir donné le moindre indice, à part le cadeau de sa meilleure bouteille de whisky.

— James s'en est toujours voulu de ne pas avoir donné…

— Aucun signe de vie durant toutes ces années, murmure-t-elle.

— Il vous aimait, vous savez, mais il avait peur de ses démons intérieurs.

— Qui n'en a pas, mon cher Monsieur ? précise-t-elle.

Elle le remercie de sa visite et lui annonce qu'elle ne fera pas de changements majeurs ou si peu. Elle l'invite à venir prendre le thé quand il voudra. Il la remercie et viendra faire son tour de temps à autre de manière informelle pour chasser l'ennui comme pour retrouver des parcelles de l'ami parti.

~

Valcourt Valley, ce 22 décembre 2020

Blanche ouvre momentanément la radio. Un annonceur déclare fièrement que le virus du Covid-19 a été vaincu pour l'instant, mais qu'une souche mutante pourrait ressurgir l'an prochain. Puis il emprunte un ton attristé pour décrire que des émeutes ont eu lieu… Blanche en a marre. Elle cloue le bec à l'annonceur, regagne son silence, fait les poussières.

Sans aucune logique, elle soulève le haut du piano de James. Le bois obéit à ses mains. Une enveloppe repose contre la table d'harmonie et les cordes. Elle utilise un cintre de métal pour la ramasser… Il lui vient à l'esprit des images de femmes désespérées qui crevaient leur placenta, risquant l'hémorragie et la septicémie. Bref, Blanche se revoit enceinte. Elle voulait trop être mère et savait qu'elle allait enfanter une femme extraordinaire !

L'enveloppe est hissée vers le haut, grâce au cintre qu'elle balancera au recyclage, mais surtout pas cette lettre. Elle adore trop les notes et les mots pour se départir d'eux. Une ombre brune passe derrière elle : James.

Elle hume le papier comme s'il s'agissait d'une déclaration d'amour glissée sous un paillasson par un postier un matin de novembre dans un immeuble haussmannien à Paris, le long des grands boulevards.

Le papier de l'enveloppe est jauni. Le rabat se fragmente au moment où Blanche en extirpe la lettre.

Rivière-du-Loup...

La date s'est estompée, gommée par des gouttes d'alcool. L'auteur n'a pas daigné la recopier. Il avait probablement bu pour se donner une once de courage.

Chère Blanche,

Tu portes notre enfant à l'heure où je m'en vais. À l'Hôtel Donahue, je ne bois que du café pour masquer mes dernières cuites, pour atténuer mes céphalées.

Dans ma famille paternelle, on se saoule et on dégueule de génération en génération, les hommes battent et baisent femmes et enfants sans distinction, égorgent les chiens et chats errants au sortir du pub. Amnésie le lendemain matin. La honte nous prend. Le remords nous assaille.

Je t'aime et je t'aimerai toujours, mais je ne voulais pas de cette violence héréditaire dans ta vie ni dans celle de l'enfant à venir.

J'ai fui comme on craint la tempête, les vagues hautes en bord de fleuve qui arrachent le sol, font basculer les rochers et perdre pied.

Pardonne-moi mes lèvres closes, mon piano silencieux.

Blanche, je savais que tôt ou tard, nous finirions par nous retrouver dans ma maison, plutôt dans celle de mon oncle William, un pianiste lui aussi, un vieux garçon célibataire mince et élégant qui me prenait dans ses bras enfant pour éviter les abus de mon père. Quand j'ai quitté Inverness, en Écosse, il paya le voyage et il acheta cette maison.

Mon père était furieux, car j'échappais à ses coups, à sa colère et à la vie de misère dans les usines. Oncle William m'apprit la musique classique et m'initia au jazz. Il ne buvait que du thé noir, moi j'ingurgitais dès que je le pouvais tout ce qui me tombait sous la main. Quand j'étais dégrisé, c'était piano et jardinage. Oncle William feignait de ne rien voir.

Au bout de quelques années, l'élève surpassa le maître. Mais ses mains furent prises de douleurs arthritiques et sa tête conjuguait tout au passé et à l'imparfait. La nuit, il paniquait. L'oncle savant était devenu un garçon de cinq ans. Il me fallait le bercer pour l'endormir.

Puis, un matin, je l'ai retrouvé dans son lit, prostré, en position fœtale. Le musicien était délivré de cette vie merdique.

Voilà où nous en sommes. Tu as découvert mon courrier, car te sachant maintenant propriétaire de la maison de l'oncle William qui aurait apprécié ta compagnie.

Par les soirs d'hiver, joue de ton piano ou du mien, en mémoire de cet oncle bien-aimé qui était en fait mon véritable père. Il avait engrossé ma mère.

Ma naissance fut l'un des motifs de l'inimitié entre mon père et cet oncle. J'ai écouté ses confidences lors du trajet de l'Atlantique. C'est surréaliste, ne trouves-tu pas ? Être protégé de son père par l'oncle qui est en fait le véritable géniteur.

Je ne me suis jamais résolu à l'appeler « papa », c'était William. Il me connaissait par cœur et moi aussi.

Maintenant mort, je n'ai pas trop loin à parcourir pour te tenir compagnie. Ma présence t'effleurera l'épaule ou te poussera à l'un des deux pianos. Ce sera à mon tour de t'écouter comme tu le fis si bien pour moi. Chacun son tour.

Si notre enfant est toujours vivant au moment de lire cette lettre, brosse-lui le portrait d'un père absent, mais aimant dans l'au-delà.

Ton James

~

Valcourt Valley, ce 23 décembre 2020

Christophe, devant se rendre chez ses parents à Trois-Montagnes, pour le 24 décembre, s'invite chez sa grand-mère Blanche. Il s'arrête quelques heures, le temps de prendre un repas.
— Ça tombe bien, mon beau Christophe, que tu sois là.
— Pourquoi ?
— Je suis contente de te voir. Mais aussi parce que j'ai trouvé une lettre de James. Peux-tu s'il te plaît la photographier page par page et en transmettre le contenu à tes parents ?
— Oui, sans problème. Nous ferons cela tout à l'heure avant mon départ. Je partirai vers 20 h.
La grand-mère et son petit-fils discutent de tout et de rien, puis s'installent chacun à leur piano. Ils jouent des chansons françaises, Barbara, Aznavour, Mouloudji.
Résolument, outre la musique classique, Christophe perçoit que Blanche et Neige possèdent les mêmes goûts.
Après le piano, l'heure du thé, au cours de laquelle Christophe parcourt la graphie hésitante, tremblante, tourmentée de James. Un être en sevrage. Un grand-père en mirage. Il l'imagine tenant le stylo d'une main. Un verre de bourbon coulera dans sa gorge après un feuillet. Des lettres s'étirent exagérément. Des mots sont raturés. La pensée s'embrouille et les souvenirs aussi. Cohue, chaos, hurlements dans la tête de son auteur. Christophe lit dans la marge un nota bene : « Je vous aimerai toujours. »

Il se souvient du dossier de sa mère. Elle le lui a montré. Ce nota bene le ramène à la première lettre de Blanche à Neige. Il y a communion d'esprit entre les deux anciens amants. Il photographie les feuillets et envoie un texto à son père :
— Julien, envoi d'une lettre-choc de grand-père James à Blanche. Arrivée vers minuit pour du thé vert. Love, C.

∼

Trois-Montagnes, ce 23 décembre 2020

Julien reçoit le message de son fils, sourit, envoie un cœur pour accuser réception.
— Chérie, à la demande de Blanche, fiston t'envoie une lettre de James pour toi. Ça peut cogner dur.
Neige survole les feuillets en zoomant, retire ses verres, hoche la tête de gauche à droite pour marquer son incompréhension et son étonnement.
— Julien, c'était peut-être un mal pour un bien, cette histoire d'adoption chez les Dénommé.
— Je suis du même avis, chérie.

∼

Valcourt Valley et Québec, ce 23 décembre 2020

Christophe prend la route, à l'heure où le cousin Charles gare par hasard sa voiture.
— Dis donc, grand-maman Blanche, tu sais bien t'entourer, exprime-t-il en soulevant son chapeau de feutre noir orné d'une plume de canard de colvert reçu du grand-père Tadeusz.
Le cousin Charles, peu loquace, referme vite la porte.
Plus tard, passée la ville de Québec, Christophe s'endort au volant. Les pâtisseries de Blanche ont alourdi son estomac. Le

sang s'est dirigé vers cet organe. Il est tombé dans une sorte de somnolence. L'automobile zigzague sur l'autoroute. De rares véhicules klaxonnent au loin. Les roues mordent le gravier sur le bord de l'asphalte.

— Chris, Christopher, wake up, son! lui crie-t-on dans l'oreille droite.

Il immobilise la voiture en bord de chaussée, s'agenouille et plonge son visage dans la neige folle pour se réveiller. Une main d'homme lui touche l'épaule. Surpris, il se retourne. Personne, évidemment. Aucune ombre, sauf la sienne sous la lumière d'un réverbère.

— Good, boy! I am on your side. Je suis de ton côté et à ton côté, Christopher.

Le chauffeur se secoue la tête, se verse du café dans la tasse de son thermos préparé par Blanche. Avant de repartir, Christophe pense inévitablement à James. Il insère un CD de jazz. Son passager se tait, mais en guise d'approbation du choix musical, James tapote le genou droit de son petit-fils qui se contente de sourire. Christophe envoie un autre texto à ses parents.

— Salutations les plus chaleureuses. Warmest regards, James. Je vous expliquerai, C. À tantôt.

Tout le reste du trajet se déroule en toute sécurité. Un bip sonore le prévient d'un texto de Julien.

— Ta mère ne comprend pas. Explications attendues de ta part.

Christophe tourne la tête vers la droite et fixe une entité blanche à sa droite.

— James, tu devras me souffler les mots, tout à l'heure. Sinon, je me ferai savonner les oreilles par Neige, ta fille.

Un soupir lui murmure :

— Don't worry. I am there for more than this ride. Je suis avec toi pour plus d'un trajet.

Voilà qui laisse le conducteur perplexe face à ce parent disparu qui refait surface comme une bulle d'air dans une mare. Christophe comprend que James a toujours été comme ça, imprévisible. Il était là où on ne l'attendait pas, alors qu'ailleurs, on voulait désespérément sa présence. Il excellait au piano. Il se perdait en contemplation face aux mélèzes et au chêne à Valcourt Valley, mais il ne fallait pas espérer davantage de cette âme errante, même de son vivant. L'alcool devait l'apaiser par instants, comme un baume et un bandage sur une plaie vive.

Christophe arrive chez ses parents, entre et les embrasse.

— Julien, prenons notre thé vert, puis dodo. Je suis crevé. Je vous expliquerai pour James demain matin.

— D'accord, j'aurai passé ma vie à attendre, se plaint Neige.

— Jamais autant que Blanche.

— Merci de me le rappeler. Tu as raison. Je vais me coucher. Je vous laisse entre vous, mes hommes.

Puis Julien parle de choses et d'autres sans insister, car avec Christophe, il se ferme telle une huître si on cherche trop à lui soutirer des informations. Une fois la boisson bue, le fils donne un câlin à son père. Ce dernier ferme ensuite les lumières.

∼

Trois-Montagnes, ce 24 décembre 2020

Ce matin, Neige cuisine des crêpes pour Julien et Christophe. Ce dernier verse du café à son père.

— Bon, tu parles, fiston, suggère Julien.

— Ne sommes-nous pas en charmante compagnie ? répond le fils.

— Jeune homme, sois sérieux ! Nous avons veillé tard.

Christophe raconte la lettre trouvée contre la table d'harmonie du piano droit de James comme s'il s'agissait d'un artéfact du passé qui ne méritait qu'une main curieuse et tendue pour la dénicher de son antre. Il décrit la figure défaite de Blanche et la photo prise des feuillets. Il signale avec emphase le « Je vous aimerai toujours » de James et la première lettre reçue de Blanche. Christophe propose d'imprimer la lettre. Neige acquiesce. Le casse-tête se complète peu à peu.

Ensuite, le jeune homme raconte le trajet Valcourt Valley-Trois-Montagnes avec l'accident évité, grâce à l'intervention providentielle de James.

— Neige, selon toute vraisemblance, il est dans les bonnes faveurs de ton père, ajoute Julien.

— Pourquoi ?

— Maman, je suis l'enfant prodigue de la famille. Philippe a préféré la mort, non pas pour vous fuir, mais pour éteindre ses voix obsédantes. Simone vous adore, mais elle est très indépendante. Moi, je suis celui qui se réconcilie avec tout le monde ces temps-ci, ce que James aurait voulu faire et n'a pas osé, paralysé par sa conduite passée.

— Et tu penses que je vais accepter un fantôme de père dans ma vie ?

— Cela t'appartient, maman, de l'accueillir ou pas. Par contre, James a atterri dans la mienne et je l'accepte. Je l'aime.

Christophe saisit les mains de sa mère. Il les embrasse à la manière de son autre grand-père, Tadeusz, qui ne peut s'empêcher de faire du baisemain en présence des femmes. Neige sourit, se laisse attendrir. À quoi bon résister à ce fils si charmant ? Christophe finit par énoncer que James ne veut que son pardon avant de s'en retourner auprès de Blanche, seule dans la maison verte et blanche, à l'orée de la forêt.

— Mon père ne pourra pas toujours se sauver en toute impunité, murmure-t-elle.

— Ça ne te regarde pas, ça ne te concerne plus, répond son fils.

— D'accord, qu'il aille en paix, puisque je n'ai jamais manqué d'amour chez les Dénommé.

Christophe se lève. Elle lui tape une fesse, en l'intimant à se raser et à se doucher.

— Tadeusz, Sofia, Pierre et Rose seront ici en début d'après-midi. On ne traîne pas, Messieurs.

— Ajournement de réunion, clame Julien qui secoue la tignasse de son fils.

Christophe se rend à la salle de bains. Il se savonne le visage. L'eau chaude s'écoule du robinet. Il se rase. Une buée recouvre à présent le miroir. Il perçoit un ombrage, se retourne, rien. Il se sert d'une serviette pour essuyer le miroir. Il aperçoit clairement un visage d'homme à la chevelure bouclée rousse et blanche, aux yeux bleus larmoyants. Le petit-fils et le grand-père se sourient.

— Thank you, son.
— Welcome, grandpa.

James opine de la tête, puis son image s'estompe derrière un nouvel écran de buée.

— Fiston, à qui parles-tu ? demande un Julien inquiet.
— Juste une brève conversation entre un vieil homme et son descendant.

Puis, Christophe sort de la pièce rasé, douché, habillé avec des vêtements empruntés à son père. Ils ont la même taille.

Christophe imprime la lettre, mais convient avec ses parents de garder les incidents liés à James pour eux trois.

Neige apprécie la discrétion de son fils. De son côté, Julien comprend que s'il a hérité des dons musicaux de ses grands-parents, il partage aussi les perceptions surnaturelles de Blanche et de Neige.

L'après-midi débute avec la préparation de la fête pour la soirée.

Trois-Montagnes, ce 26 décembre 2020

Chère Blanche,
Je vous écris pour rompre votre silence. Vous recevrez cette lettre pour le Nouvel An. Julien et moi, nous vous souhaitons cette nouvelle année comme une renaissance.

Le 23 décembre, notre doux Christophe nous est arrivé en fin de soirée avec une tête de miraculé, trop pris par l'événement. Il s'est assoupi au volant et c'est notre James Fraser qui est intervenu pour lui épargner un accident, peut-être la mort, qui sait...

Finalement, je me suis résolue à l'idée que Christophe ait des liens signifiants avec vous dans votre lointaine campagne et son grand-père dans l'au-delà, un univers si près, puisque Julien a entendu notre fils lui parler comme s'ils étaient tous deux dans la même pièce. De plus, Christophe m'a implorée de pardonner à James. Je veux bien... Mais pardonne-t-on à un absent qui est un pur inconnu ?

Voilà, je vous embrasse.
À la joie de vous lire prochainement.

Neige

~

Valcourt Valley, ce 4 janvier 2021

Chère Neige,
Je ne suis pas surprise le moins du monde que James ait pris sous son aile Christophe qui me rappelle tant ton père au printemps de nos vies. Ils sont pareils. Ils sont excessifs tous les deux. James répare très tardivement sa négligence, mais il y compte bien. Ça peut sembler irréel de prime abord. Mais sache,

ma fille, que nos liens d'amour se poursuivent de l'autre côté du miroir.

Il se peut aussi que James veuille utiliser ton fils pour te parler. Ne le censure pas. Ne brise pas ce courant, ces ondes entre passé, présent et futur. Le tout est uni, qu'on le veuille ou non. Il est temps pour James de réparer à son humble mesure, de rectifier le cours du temps, d'atténuer le résultat de ses abus. Somme toute, il risque d'être encore plus présent.

Je te raconte un fait... Une fois, j'étais assise à mon piano, mes mains jouaient des chansons françaises. Au piano de James, Christophe m'accompagnait et me répondait. À un certain moment, ton fils s'est déplacé sur la gauche. Il laissait place à James qui l'encourageait à continuer, tellement c'était harmonieux et agréable.

Nous ne devons pas toujours chercher à comprendre le pourquoi des choses, des faits et des êtres. Tout se meut en de vastes constellations. Tout s'émeut. Les théologiens parlent de communion des saints. J'emprunterais plutôt l'expression de communion des vivants. L'enveloppe se flétrit au jardin et tombe comme une corolle du haut du vase, mais le parfum et les effluves qui sont la lettre poursuivent leur voyage ou bien encore décident de rester un temps dans un lieu pour assister les proches encore terrassés par la douleur de ce côté-ci du miroir.

Tout est mystère, ténèbres, mais surtout lumières. James se déplace ici dans l'ancienne maison de son oncle. Il veille et monte la garde, si l'on veut. Je le taquine en lui disant que je lui prêterais bien volontiers un plumeau s'il lui venait l'idée de faire les poussières sur nos pianos, la bibliothèque et les cadres où nous étions jeunes et beaux. Cela m'amuse de constater que James a effeuillé une fleur dont les pétales sont dispersés sur la table de la cuisinette. Brin d'espièglerie. Je ramasse tout et je lui tiens causette. Ainsi vont mes jours actuels.

Lors des visites du cousin Charles, adorable et prévenant comme toujours, James fait tomber des objets pour marquer sa jalousie et son territoire. Charles reste calme comme à l'accoutumée, mais avec les mains posées sur la table. Il n'y a aucun geste inconvenant, puis il repart après un repas pris avec moi.

Les Sœurs de Rivière-du-Loup auraient dit que j'ai dépassé mon temps de récréation. Pourtant, je n'étais pas une élève bavarde, mais plutôt une enfant et une adolescente consciencieuse et studieuse, le nez toujours dans les livres et les partitions. Pas de temps perdu ni à jouer à la poupée ni à la marelle. Je laissais ces distractions aux autres gamines.

Réfléchis bien à mes propos. Je ne te demande pas de passer l'éponge de manière insouciante, mais d'accepter ce qui fut et ce qui est. Les êtres humains sont plus complexes que notes de musique et règles de grammaire.

Sois plus indulgente envers les autres et bienveillante envers toi-même. Tu es d'une sévérité agaçante.

Amour et harmonie à l'aube de cette année nouvelle.

Je vous embrasse, toi et Julien.

Blanche

~

Trois-Montagnes, ce 11 janvier 2021

Chère Blanche,

Je vous envoie l'ébauche de mon prochain roman basé partiellement sur notre histoire, car vous vous doutez bien que les écrivains transmutent l'existence et la catapultent en fiction.

Libre à vous de me livrer vos commentaires, si cet écrit ne vous chagrine pas trop.

Julien a eu l'idée saugrenue de faire un montage photo pour marquer le passage des ans et lier les générations entre elles, après avoir parlé de votre concept de constellation. Soit dit en passant, vous me le rendez plus tendre, mon époux. Mes hommes ne me parlent que de vous.

Les enfants acceptent avec joie, tandis que Tadeusz a versé des larmes sur l'épaule de son fils. Sofia a trouvé le concept excellent.

Christophe passera pour piano et thé chez vous, il photographiera la tête de James.

Puis, on fera développer des séries pour la famille. Pierre et Rose en veulent aussi une copie.

Les ronds se forment et s'agrandissent à la surface des eaux. Tout ça à cause d'une enveloppe couleur lavande provençale, C. P. 530.

Je retourne répondre à mes dossiers, c'est-à-dire à une traduction technique qui tarde un peu. Je procrastine parfois.

Allez, maman Blanche, je vous embrasse. Julien aussi.

Neige

~

Valcourt Valley, ce 15 janvier 2021

Blanche reçoit une lourde enveloppe. Elle se réjouit lors de la lecture de la lettre de Neige. Le projet intergénérationnel des photos la séduit.

Puis, elle déchire un papier bleu Klein qui ceint le roman. Elle met de l'eau à bouillir avant de plonger dans cet ouvrage. Puis, elle lit, relit des segments, annote en marge avant de figer son regard sur un passage…

« Moi, Claire, 15 ans, presque 16 printemps à ce qu'on m'a dit, je me sens aimée, mais coincée dans une famille à laquelle je ne ressemble pas. Ils parlent de cultiver la terre, de semences et de récoltes futures. Je leur parle de poésie, d'accents étrangers, des voix de personnages qui traversent mon imaginaire. Je reste là, les bras ballants, au milieu d'une salle des pas perdus. L'horaire n'est pas respecté. Des trains sont soit en avance, soit en retard. J'attends, mais qui au juste ? Aucun préposé à l'information pour me répondre convenablement. Il y a un manque au creux de moi ici, juste en plein cœur. »

Blanche en a assez lu. Elle sort son papier à lettres de son secrétaire.

∼

Valcourt Valley, ce 15 janvier 2021

Très chère Neige,

Ce matin, j'ai reçu en simultané, et par coïncidence, un appel de Christophe qui passera dans la semaine pour la photo de James et ton courrier.

Je prends connaissance du beau mais douloureux roman. Des psychologues ont écrit sur le fait que le nouveau-né privé des bras de sa mère ressent en son être, en ses fibres la détresse de l'abandon. Ton roman le traduit très bien, ce sentiment.

Quant à moi, j'ai voulu atténuer ce rejet en te confiant aux bras aimants d'Auguste et d'Eugénie, beaucoup plus maternelle que je ne l'aurais été. Tu dois jauger les événements à la lumière du contexte et de l'époque. Tu es née un dimanche, et le mardi, Auguste, Eugénie et ton frère Pierre sont venus te quérir.

Ne crois pas que je tente de gommer ton abandon. Le déchirement, je l'ai ressenti tout aussi bien de mon côté avec une cicatrice toujours sensible en mon for intérieur, au point où j'ai passé une partie de mes jours à te chercher après le décès d'Eugénie. Un matin, j'ai reçu ma dernière lettre avec « décédée » comme note. J'ai failli défaillir. Je venais de perdre le fil d'Ariane me menant à toi, ma fille.

Les années passèrent, puis par hasard je suis entrée à la Librairie du Québec à Paris. Je me suis mise à penser très fort à toi ou plutôt à l'évidence que tu viendrais vers moi. C'était une urgence. Ma respiration s'est accélérée. Il m'a fallu me calmer en respirant profondément. J'ai fermé les yeux un instant. L'image d'une jolie brunette avec des mèches grisonnantes, maquillée d'un œil de chat, m'est apparue à l'esprit. Le portrait était d'une telle netteté. Je me suis retournée et tu étais là, sur une affiche imprimée par ton éditrice. Ton visage se trouvait au-dessus d'une pile de tes œuvres. La suite, tu la connais.

Je t'embrasse.

Blanche

∼

Valcourt Valley, ce 19 janvier 2021

Les rideaux de dentelle anglaise remuent au salon. Pourtant, aucun courant d'air ne peut l'expliquer.

— Oui, j'arrive, James.

Christophe entre dans la maison. Il embrasse Blanche.

— Welcome, son, entend-il en sentant une paume d'homme sur sa nuque.

Blanche perçoit le léger embarras de son petit-fils.

— Ne sois pas mal à l'aise de percevoir la présence de James. Il t'aime beaucoup et tu l'aimes autant.

Christophe se rend au salon, voit une photo de son grand-père regardant droit devant lui. Christophe retire la photo du cadre pour éviter les reflets de la vitre. Il ouvre son portable, capture la tête du pianiste en trois clichés avant de les transférer par textos à ses parents.

Par la suite, Blanche offre thé et madeleines cuisinées en matinée. Elle devine Christophe pressé.

— Avant que tu t'en retournes à Gaspé, mange un peu. Tu dois travailler demain, je suppose.

— Oui, je passerai plus de temps à la prochaine visite.

— Blanche, give him some music, suggère James.

Blanche sort du tiroir de son secrétaire deux partitions annotées autrefois par lui.

— Voici une partition pour toi et une autre pour Neige.

— Mes parents l'encadreront au salon. Je ferai une copie pour grand-papa Tadeusz.

James approuve en posant ses mains sur les épaules de Christophe. Ce goûter se termine en un silence complice entre les trois.

Christophe part. Les rideaux de dentelle anglaise remuent à nouveau.

— Ne t'en fais pas. Il nous reviendra sous peu.

— Juste une question de temps, murmure l'esprit à l'oreille de son ancienne fiancée.

~

Trois-Montagnes, ce 20 janvier 2021

Neige, à la lumière de la lettre reçue de sa mère, décide de modifier un chapitre de son roman pour que les deux personnages féminins parviennent à une ligne médiane.

Une fois le chapitre modifié, elle saisit le téléphone pour appeler Blanche sur le point de s'installer au piano à queue pour jouer du Bach. En fait, le génie de Leipzig saura l'attendre une demi-heure. Ce n'est pas une mise à l'index. James s'amuse à éteindre et à allumer les lumières du salon. La musicienne envoie un bisou devant elle, face à ce vide apparent, destiné au pianiste de jazz. Il cesse de jouer au gamin. Il suppose que Neige remercie Blanche de ses bons mots et de sa sollicitude. À son tour, la mère soulagée lui conseille d'arrêter de trop intellectualiser les relations humaines, mais de s'abandonner aux joies de la vie décelées derrière les peines qui s'amoncellent trop souvent comme nuages de pluie. Sa fille en prend note au propre comme au figuré. Les deux femmes terminent cet appel au diapason. Neige retourne à l'écriture de son roman et Blanche sourit droit devant elle à son amoureux enchanté par sa virtuosité.

~

James écoute Blanche. Sa pensée erre un temps dans les églises anglicanes et luthériennes du Maine où, adolescent, il jouait aux grands orgues du Bach et ses *Cantates* inspirées par le Ciel.

Parfois, des fidèles émus, surtout des femmes, se retournaient pour saisir d'où émanait cette beauté sonore. Il était satisfait d'attirer les regards et de susciter l'écoute et un certain désir, au point où certains pasteurs exigeaient qu'il jouât jusqu'après la sortie des derniers fidèles si peu empressés de quitter les lieux de culte, puis William attendait en silence à l'arrière pour le quérir.

Ce fut William qui en eut assez de jouer au conducteur du dimanche qui lui trouva ce contrat de l'Hôtel Donahue à Rivière-du-Loup. William croyait que son fils devait prendre confiance en lui, en son talent, et améliorer son français.

De nos jours, seule une croix bancale rappelle le disparu. Blanche, au printemps, fera installer une pierre tombale de granit noir en sa mémoire quand la neige se sera retirée au pied des grands arbres. James sait que Blanche le souhaite, car c'est grâce à William si elle put le rencontrer.

Une boucle de plus sera faite. Tout doit être harmonie.

Gaspé, ce 1er février 2021

Christophe, dans sa chambre avec vue sur l'Atlantique, est pris d'une soudaine mélancolie. Il retire la housse de son piano électrique qui sonne tout de même très bien. Il pose la partition de son grand-père.

— Tu vas nous jouer un air, à présent... lui propose ses deux colocataires.

— Oui, les gars, je m'installe...

Le jeune musicien commence à jouer. Il sent une main qui lui donne une tape sur le côté. Il bouge, va à la gauche de son banc. James s'assied. Début du jeu.

— Trop timide, son. Mets tes couleurs.

Il retire ses mains. Soudainement, le vieil homme lui prend les mains et Christophe entre en transe. La musique s'envole. James agite, actionne les doigts du jeune pianiste.

Les deux colocataires applaudissent au salon pour marquer leur enthousiasme. La pièce est jouée. Silence.

— Lis la partition, lis-la.

Christophe la feuillette, parcourt de son iris les portées. Il entend les notes dans sa tête. Il comprend qu'il s'agit d'une pièce à peine terminée. Il pose la partition sur l'instrument avant de se lancer de mémoire. Mais cette fois-ci, James n'intervient pas. Il le laisse se débrouiller par lui-même.

— Tu n'as jamais aussi bien joué, soulignent les deux colocataires.

— J'ai joué deux fois une pièce de mon grand-père maternel.

Christophe passe son index sur le titre de la partition *Missing You!* Le jeune homme sent la main apaisée et apaisante du compositeur sur son cou. Les deux hommes sont heureux de ce moment partagé.

Au salon, les colocataires montent le son du poste télé, car il est vrai que certains êtres ont horreur du moindre temps mort.

Trois-Montagnes, ce 5 février 2021

Sofia et Tadeusz débarquent chez Neige et Julien pour le thé. La belle-mère a préparé des sablés et Neige des tartelettes aux fruits confits. La table fait à mi-chemin entre décor des Fêtes et repas de la Saint-Valentin avec une nappe rouge. Les deux hommes sourient, complices.

— Pendant que j'y pense, Christophe a eu l'amabilité de m'envoyer une copie de la partition de son autre grand-père, annonce fièrement Tadeusz.

Sofia précise que son mari a pris le temps de l'étudier presque à la loupe deux fois plutôt qu'une.

— N'exagère pas, mais j'aime le travail bien fait.

Julien cherche au salon le montage photo des femmes de la famille et celui des hommes.

Sofia sait déjà qu'elle placera celui des femmes au-dessus de son récamier, tandis que Tadeusz pense à un espace en haut de son fauteuil où il aime lire, à côté de son lutrin, de son violon et de son accordéon. Tout le monde se montre amplement satisfait quand soudainement, Tadeusz pointe la photo de James Fraser.

— Mais c'est Jimmy, je le connais.

— Voyons, beau-papa, comment pouvez-vous l'avoir rencontré ?

— Nous avons joué ensemble du jazz à Montréal dans l'orchestre de Vic Vogel. J'ai interprété quelques pièces de musique avec un style gitan entre les morceaux de jazz à l'américaine.

— Comme ça, James était autant à l'aise dans un style des standards que d'improviser sur des airs tziganes d'Europe de l'Est, souligne Julien.

— Tu as tout compris, mon fils. Je suis d'autant plus fier de savoir que mes petits-enfants ont aussi le sang de ce talentueux musicien dans leurs veines.

Neige constate que son beau-père prend rarement la parole, sauf quand il est question de musique. Sofia lui touche le bras pour l'inviter à se calmer.

— J'aimerais qu'il en fasse autant avec toi, maman, glisse Julien avec une pointe de cynisme.

— Mon fils, c'est quoi ces manières ? Par chance, Neige et moi, nous sommes là pour tenir en douce les guides de cette famille.

— Me suis-je plaint de mon épouse ? Pas le moins du monde. Elle possède une patience d'ange avec moi, son notaire de mari.

Neige pousse son époux qui comprend qu'il a froissé un tantinet la susceptibilité de Sofia à qui il s'empresse d'aller donner un bisou sur la joue. La mère pince ensuite le nez de son fils comme s'il s'agissait d'un garnement âgé d'à peine dix ans.

Finalement, Tadeusz et Julien s'empiffrent avec des pâtisseries tandis que Sofia et Neige discutent décoration et cuisine. L'incident est clos, à la satisfaction de tous.

~

Vancouver, ce 10 février 2021

Chère Blanche,

Je ne sais pas comment je dois vous appeler au juste. Blanche ou grand-mère Blanche ? Ma grand-maman Sofia, c'est Mamie Sofia ou Sofia tout court, ce qui la fait rire spontanément et lui donne l'impression d'être une copine. Quand nous nous rencontrons, elle trouve que je lui donne un second souffle. Elle me dit souvent : « Avec toi, je déploie mes ailes. Je rêve et j'apprends. »

Au début de l'âge adulte, j'ai pris mes distances, surtout avec mon père qui me mettait trop de pression avec la réussite sociale et le choix de ma carrière. Je suis partie m'installer à Vancouver, ou plutôt au sud de Vancouver, tout près du fleuve Fraser. Les vagues de l'océan me créent, me recréent, m'aident à voir autrement. Mes études furent faites en communication et en cinéma.

Je suis cinéaste. Selon les projets, je vais vers le documentaire ou vers la fiction. Les demandes de subvention et de financement auprès de l'État et de mécènes sont mes balises temporelles.

J'aime flâner sur la plage ou gravir les sentiers en montagne. Parfois, j'entends le hurlement des loups, la nuit. Cela ne m'effraie pas. Je sirote ma tisane et je prends des notes. À l'aube, un aigle survole la vallée, je sors dehors sur mon balcon. J'agite les bras, me sentant unie à l'univers, mais tantôt si ridicule.

Enfin, je vis et je vibre.

Je vous envoie la bise à quelques fuseaux horaires de votre solitude.

Votre petite-fille,
Simone

∼

Valcourt Valley, ce 19 février 2021

Chère Simone,

N'aie jamais honte de qui tu es, ni de comment tu évolues en ce monde si mystérieux à comprendre. On tente bien malgré soi de se défendre contre l'adversité et les mauvais aspects des traits de famille, en misant toutefois sur les qualités héritées.

Quand je vivais en France, il me plaisait de déambuler à l'aube ou de nuit quand les habitants sont encore retenus par leurs rêves ou leurs cauchemars. Seul le boulanger de garde à ses fourneaux me saluait.

Une situation non résolue nous revient toujours à la figure jusqu'au moment où nous décidons d'y faire face et d'éteindre la cause du dilemme.

Je constate que nous partageons une nature plutôt contemplative qui se nourrit de petites grâces, de joie, et qui se froisse à cause d'abysses profonds, car les ténèbres sont le revers de la lumière.

En ces jours de spleen, songe alors aux fleurs admirées au sous-bois, à la mousse et au lichen sur les pierres, à la plume bicolore qui dort sur ta commode. Tire les rideaux pour goûter le jour, la clarté, et la nuit, concentre-toi sur l'éclat des étoiles.

Paix et joie sur toi, ma descendante.

Blanche

~

Vancouver, ce 26 février 2021

Simone reçoit la lettre de Blanche, l'ouvre avec un couteau à beurre, en extirpe le papier parfumé, en lit les mots bien alignés, légèrement inclinés vers la droite. Elle s'étonne pour la plume de l'aigle mentionnée. En fait, elle les collectionne, en déniche partout, lors de ses promenades en montagne. Elle ouvre un tiroir de sa commode, en prend une toute noire, la glisse dans une grande enveloppe à bulles.

Chère Mamie Blanche,
Voici une offrande de la nature qui vous permettra de penser à moi, à la famille par jours d'ennui ou de pluie.
Bises,

Simone

Trois-Montagnes, ce 28 février 2021

Neige sent qu'elle ne va pas aussi spontanément vers Blanche que vers Sofia. Elle présume que sa mère naturelle s'en est rendu compte. Il en va ainsi pour le moment.

D'ailleurs, Sofia lui a recommandé de ne rien forcer, de maintenir une conversation par le biais de la correspondance et du téléphone.

En bonnes observatrices, elles ont vu que Blanche avait jeté son dévolu sur Julien et surtout sur Christophe. C'est vrai qu'ils sont charmants et l'admiration envers la pianiste est mutuelle.

Sofia taquine sa belle-fille en lui disant tout simplement qu'elle est irritée de ne pas être le centre d'attention et que Blanche, la fiancée esseulée, s'est méritée les honneurs, le respect et la fascination.

Quant à Neige, elle n'a rien de mieux à faire que d'écrire et de raconter des histoires. Si, par chance, un journaliste ose l'approcher lors d'un salon du livre pour une entrevue, cela comblera son besoin viscéral d'une quelconque reconnaissance.

~

Valcourt Valley, ce 28 février 2021

Blanche tire sur les poignées de son secrétaire, tombe sur la partition *Missing You!* composée par James. Elle se met à penser au silence de sa fille.

Elle se demande si Neige est en froid avec elle plus ou moins consciemment. Pourtant, Blanche ne cherche aucunement à compétitionner avec qui que ce soit. Elle se sait contemplative, mais tout de même avide de la lumière des projecteurs. Sans doute est-ce le propre des artistes ?

La pianiste revêt l'image de la femme détachée, au-dessus des soucis temporels, vivant sa vie en toute quiétude. Or, il n'est en rien. Depuis son abandon par James et son départ, la déprime et l'angoisse la rongent… Seules la musique et la lecture lui fournissent un certain équilibre. Elle doit souvent dédramatiser les événements et ne pas tout prendre au pied de la lettre.

∼

Valcourt Valley, ce 5 mars 2021

Une enveloppe à bulles attend d'être ouverte par de vieux ciseaux aux lames rouillées, découverts dans un établi, au fond du petit garage jouxtant la maison.

Blanche saisit l'instrument dont les lames grincent par une si longue mise au rancart. Elle dépose une goutte d'huile à briquet pour donner plus d'aisance aux lames sur le point de mordre le plastique. Il lui passe par la tête d'astiquer un service d'argenterie trouvé, mais ce sera un projet pour demain, car rien ne presse.

Elle voit la plume d'aigle majestueuse au travers du sachet et la note écrite de la main de Simone d'une écriture presque aussi régulière que la sienne.

Blanche se dit qu'on offre à sa descendance, outre l'hérédité, certains traits physiologiques, les liens du sang permettent aussi le partage de traits de caractère, d'aptitudes et de prédispositions.

Elle pose sur son cœur la note de Simone, puis elle se dirige vers le piano droit de James. Elle soulève le cadre dont la photo fut prise à l'Hôtel Donahue et y glisse la note.

— Voici, mon beau James, je te présente ta petite-fille Simone qui, comme sa mère Neige, me ressemble tant.

Ensuite, elle tient la plume entre ses mains qu'elle monte vers le haut.

— Je t'offre un battement d'ailes, léger comme aux jours heureux de notre amour.

— My beloved Blanche, je craignais que la passion me coupât les ailes et qu'elle ne se tournât en prison. Nous sommes séparés par un voile de soie.

— Oui, une soie diaphane et translucide. Je te vois, te perçois. Je te sais maintenant toujours à mes côtés. Et cela me plaît infiniment.

Elle effleure la photo de James du bout de la plume avant de la poser sur le piano droit.

— Allons, un peu de Chopin.

Blanche s'exécute maintenant à son piano de concert.

∼

Valcourt Valley, ce 8 mars 2021

Chère Neige,

Je te prie de m'excuser pour l'attention que les autres me portent. J'en suis ravie et peinée. Oui, ravie de recevoir tant d'amour. Je ne peux pas me plaindre, moi qui ai été si seule pendant tant d'années. Oui, peinée, parce que j'aurais aimé qu'on te célèbre, toi qui t'arraches les yeux jour après jour à écrire et à traduire. Tu pourrais ne rien faire de ton temps avec Julien qui gagne bien sa vie.

En cette minute même, je me tais. Le piano me tiendra compagnie. Si tu le veux, j'irai saluer pour toi William parmi les grands mélèzes secoués par les vents et la poudrerie.

À suivre.

Blanche

∼

Trois-Montagnes, ce 12 mars 2021

Chère Blanche,

Merci de reprendre contact.

Je ne gère pas les sentiments des autres. Ils sont libres d'aller où bon leur semble. Simone a une plus grande complicité avec Sofia qu'avec moi et Christophe vous adore. On dirait qu'il s'est attaché aussi à la figure de son grand-père. J'observe ces mouvements de ballet dans ma famille sans intervenir. Nous sommes libres d'aimer qui l'on veut et de la manière voulue.

Sofia, ma belle-mère, est plus proche de moi qu'elle ne l'est de Julien. Son fils est parfois apeuré face à des manifestations trop évidentes d'affection, même si en vieillissant, il ressemble de plus en plus à Tadeusz.

Nous passons avec les années. Nous avançons, j'ose espérer, en sagesse.

Je suis privilégiée de vous connaître. Mais règle générale, j'apprivoise les autres pas à pas, au compte-gouttes. Je me méfie des vagues trop fortes. Je suis ainsi en retenue, en garde à vue par la vie, depuis le décès de mon cher Philippe, mon fils aîné avalé par les eaux de la rivière derrière chez nous.

Il me faut du temps pour observer le soleil qui se lève, pour me perdre en rêverie dans les faits et gestes de mes personnages, dans la rythmique des jours. Néanmoins, je procède plus rapidement pour dénicher le mot juste.

Je conclus cette lettre en vous déclarant que vous êtes une personne à la fois mystérieuse et attachante qui mérite d'être connue.

Je vous embrasse.

Votre fille, Neige

~

Valcourt Valley, ce 17 mars 2021

Lecture de la dernière lettre de Neige par Blanche toute rassurée. La mère ressent que sa fille va à l'essentiel et que tout superflu est inutile, voire hasardeux à transporter sur son dos.

∼

Blanche se rappelle qu'avant son départ des Yvelines, elle avait invité un libraire parti au bout de trois heures avec des cartons de livres. Seuls convenaient comme bagage quelques vêtements, les partitions de Bach et son piano de concert, en dépit du fait qu'elle fût au fond trop timide pour monter sur scène. Elle joua devant quelques religieuses à Rivière-du-Loup, pour sa mère, les fantômes de l'ancienne longère, et maintenant, elle joue pour James. Avec un tel public, il n'y avait pas de sifflement ou de chahut pour un tempo pas respecté ou une quinte de toux soudaine de la concertiste.

Par amusement et mise en scène, elle revêt une robe noire, arbore un collier de perles blanches ou grises, selon les humeurs. Elle place un miroir étroit vis-à-vis d'elle. Cette glace appuyée lui renvoie son image, celle d'une musicienne qui a intégré les conseils reçus.

— Mademoiselle Boisjoli, levez la tête, poussez vos épaules vers l'arrière, ne regardez pas trop le clavier. Ne courbez pas l'échine. Vos mains doivent trouver par elles-mêmes leur chemin.

∼

Blanche pose sur son piano des lettres de sa fille et pour la forme des partitions davantage par décoration, car ces œuvres, elle les a mémorisées telle une comédienne avec une longue tirade et elle les joue d'instinct. Parfois, elle jette un coup d'œil à une première mesure pour se sécuriser, même si elle ne devrait pas douter d'elle-même. Elle décode aussitôt la clef, les blanches, les noires, les triolets, les soupirs. Le papier lui indique les sons, à la manière d'un souffleur qui prononce un début de réplique au théâtre. Par la suite, la musique ruisselle au bout de ses doigts sans apparent effort, comme une respiration, une amplitude, un ressac sonore qui emplit la pièce dont les murs en bois font caisse de résonance. James écoute avec ravissement. L'oncle William tend aussi l'oreille de l'autre côté de la fenêtre.

Neige a remarqué que son jeu était plus lent quand le ciel était ennuagé d'un gris souris. Les gens du village disent que « le ciel est à la neige » ou « que c'est un ciel d'avant la poudrerie », tandis que sa musique prend de la légèreté et de la fluidité par temps clair. En fait, elle s'amuse à penser que son piano est son baromètre.

Elle établit une liste des pièces répétées, jouées et rejouées. Toutes les journées sont remplies. Aucun jour de relâche n'est permis. Les instants de grâce en musique sont à ce prix, soit un esclavage de rigueur et de pièces recommencées ad nauseam. Elle s'astreint à cette discipline musicale si monacale de jour comme de soir. Seuls les repas légers, la lecture et l'écriture de lettre l'arrachent momentanément à son instrument. Elle sait jouer de ce rorqual sombre au vernis luisant échoué dans son grand salon. Le piano de James se fait témoin discret, étrange bibelot. Elle le conserve comme on garde les souvenirs, les vestiges de l'amour après en avoir connu les vertiges. Elle n'en tient pas rancune à James. Il est là à présent, de gré ou de force, lié autant à elle qu'à William dormant dans la forêt. Elle sait aussi qu'elle occupe les pensées du revenant.

Le piano de James a trouvé une nouvelle utilité avec Christophe, qui ne peut s'empêcher d'y poser les mains dès qu'il franchit le seuil de la maison.

Cette demeure possède un solarium vitré, petit salon en été et tambour en hiver. Neige a fait installer par le cousin Charles deux fauteuils, une table à café à la gauche de la porte, et à droite, une table de bistro et deux chaises.

Elle pressent que le voisin Bernard Lacasse viendra prendre un café de temps à autre l'été venu. Il lui contera la vie d'avant, du temps où il était jeune homme et que William le taciturne musicien l'accueillait par un sourire. Ainsi, James et Bernard échangeaient, discutaient, déconnaient, se lançaient des défis, car la jeunesse est faite d'audaces et de rêves. D'ailleurs, il était l'unique ami de James, le seul autorisé par William à franchir la porte, à partager des livres et la bière bue à même le goulot d'une bouteille par les deux complices. Il arrivait aussi à Bernard de nettoyer une portion de forêt avec William en silence, car William lui avait expliqué que le vent était musique et que cette mélodie valait la peine d'être entendue.

Elle enfile une large veste de laine ayant probablement appartenu à William, puis à James, avant d'aller prendre le thé qui a infusé au préalable dans une théière marron sur laquelle elle se réchauffe aussi les mains avant d'aller jouer.

Dans ce tambour, elle constate que les branches des arbres sont agitées par les vents et les nuages créent en alternance des rais de lumière et des drapés d'ombrages sur la neige. Ce spectacle la fascine. Puis, une fois la théière vidée, elle regagne son intérieur.

∼

Valcourt Valley, ce 19 mars 2021

Blanche fait les poussières et passe le balai dans tout le salon avant de terminer vers le piano de James. Une feuille jaunie glisse vers elle. Des taches en ont gommé partiellement l'écriture qui, dans ce flou de café et de scotch, se fait aquarelle. Des syllabes irrégulières se présentent. Elle reconnaît l'écriture hésitante de James qui ne livrait en fait ses émotions qu'au piano, sourire aux lèvres et regard de séducteur. De ses mots fragmentés, elle en perçoit ceci…

Je souhaite
À cet enfant
À naître

Des pas
Devant soi
Pour ne jamais tomber
Pour ne jamais douter
Des bras
Ouverts devant lui
Pour l'étreindre
Quand viendra le temps
Des pleurs
De la peur
Au milieu de la nuit
Je souhaite
À cet enfant
À naître
Des parents dignes
Pour délivrer
Blanche
Du fardeau
De mon absence.

So sorry!

James Fraser

Blanche devient furieuse, balance une pile de livres par terre au lieu de fracasser les cadres de James. Elle endosse son manteau anthracite doté d'un col de renard roux, enfonce un béret, son mascara coule. Elle marche vers les mélèzes pour se calmer plutôt que tout détruire. Le passé et l'alcool l'ont privée trop tôt de James.

Elle retourne à la maison et téléphone à Christophe qui convient avec elle de ne pas divulguer pour l'instant l'existence de ce poème à Neige pour ne pas fragiliser la relation naissante entre mère et fille, et surtout pour ne pas ternir davantage l'image de James.

~

Valcourt Valley, ce 20 mars 2021

En fin de matinée, Christophe arrive au bout du chemin ombragé qui mène à la maison de Blanche. Elle fait les cent pas devant la maison comme un fauve en cage. Il gare la voiture en se disant que James ne lui faisait pas de cadeaux. À l'aube, James s'était mis de la partie en le réveillant :

— Wake up, son ! Debout. Blanche a besoin de toi.

Christophe voit que Blanche observe le tour de la maison attentivement. Elle ne s'est pas retournée pour lui dire bonjour.

— Christophe, à l'été, avec Charles et Bernard, faudra repeindre l'extérieur de la maison. Le vert bouteille aux fenêtres, ça passe, mais les murs blancs me rendent malade. Ce n'est pas une clinique.

— On pourrait tenter un rouge framboise contre le vert, ça donnerait un air des Fêtes et un look de kilt écossais. James et William devraient aimer le concept du tartan.

Blanche éclate d'un grand rire dont l'écho se perd dans la forêt en arrière.

— Approuvé, cher enfant. De plus, j'ose espérer que le cousin Charles sera un peu plus volubile en ta présence en juillet.

Le petit-fils et la grand-mère entrent dans la maison. Blanche prépare le thé. Il constate la cohue au salon. James avait raison, à l'effet que Blanche avait besoin d'être rassurée. Le jeune homme empile les livres avant de les ranger sur les rayons de la bibliothèque.

Blanche apporte le service à thé et le dépose sur la table ancienne ovale qui trône dans la salle à manger. Christophe passe son index lentement sur le poème de James.

— Il est très touchant, ce texte. James se montre très vulnérable.

— Tout tourne autour de ce fichu piano caramel, énonce-t-elle.

— Chris, elle est aveuglée par ses émotions qui bloquent partiellement son intuition, murmure James à l'oreille de son petit-fils.

Christophe se prend la tête à deux mains, puis se met à mimer Blanche qui soulève le haut du piano pour y trouver un document, puis il se penche pour la découverte du poème.

— Par le haut, par le bas, souligne-t-il.

— Pour le devant, rien, mentionne Blanche.

— Ne reste que l'arrière. Allons voir, explique-t-il.

Il avale sa tasse d'Earl Grey en deux gorgées. Il tourne autour du piano de Blanche avant de tirer l'instrument de James, de manière à pouvoir se glisser contre le mur.

— Blanche, une lampe de poche, s'il te plaît.

Elle l'allume et balance la lumière du haut vers le bas en un mouvement giratoire.

— Pause. Nous venons de tomber sur une lettre. Il n'y a rien d'autre.

Mais Christophe sent qu'il a mis la main sur une clef importante dans l'histoire de Blanche et de James. D'ailleurs, ce dernier semble apprécier la présence de son petit-fils auprès de sa bien-aimée. Il pose sa paume sur le cou de Christophe qui sourit.

— James est content, je le sais aussi. Il t'aime dans les parages.

Christophe pousse le piano droit contre le mur. Blanche sert à nouveau du thé au détective improvisé.

— Blanche, tu seras sous le choc. Respirons profondément tous les deux...

Elle bascule ses épaules légèrement vers l'arrière, comme si elle apprêtait à découvrir une œuvre inédite. C'est ce dont il s'agit dans cette enveloppe jaunie, selon Christophe.

Pour faire diversion un bref instant, il prend une photo du poème avant la lecture de l'enveloppe.

— Pourquoi fais-tu cela ?

— Préserver l'information du document, au cas où tu aurais le goût de balancer ce poème dans le feu du foyer.

— Souci d'archivage comme ton père Julien ?

— Eh oui, un autre trait de famille, conclut Christophe qui meurt aussi d'envie de connaître le contenu de l'enveloppe avec ces informations.

Blanche déplie la lettre.

— La date a été gommée par une empreinte, commente-t-elle.

— By my thumb, son, murmure James.

— Grand-père est honteux de cette époque, commente Christophe.

Hôtel Donahue
M. James Fraser
Faire suivre.

L'écriture très fine, élégante lui est familière comme la voix d'une amie d'enfance.

~

Rivière-du-Loup

Cher James,

Cette lettre sera mon unique lettre. À l'instar de Blanche, je suis tombée sous ton charme, avec tes yeux bleus et le feu de ta chevelure bouclée. Je t'ai senti hésitant entre nous deux. J'étais déchirée entre mon amour naissant pour toi et mon amitié envers Blanche. J'ai vite compris qu'on n'attache pas un cheval fou, toi. J'ai eu raison. Je me suis mise à l'écart et j'ai laissé à Blanche toute la place. Elle ne s'est jamais doutée ou si peu du raz-de-marée éprouvé. Nos conversations tournaient autour des matières étudiées et de toi, mais je savais contenir mes émotions.

La vie a été bonne avec moi en mettant vite Auguste sur ma route. J'ai décelé ses qualités et il m'a guérie de cette tourmente intérieure. Je lui en suis reconnaissante. Nous nous sommes mariés et Pierre est venu au monde quelques mois plus tard.

Pour des raisons qui t'appartiennent, tu as fui dans la nuit. Vous étiez fiancés. Tu aurais pu la demander en mariage. Sa famille était d'accord, mais quand ils ont compris qu'elle portait un petit de toi, ils l'ont chassée comme une impure, une fille de mauvaise vie.

Tu as choisi un exil intérieur et, par ton départ, tu l'as contrainte au déracinement.

Blanche accouchera du bébé à l'Hôpital de la Miséricorde. Elle eut la noblesse d'âme de me demander d'adopter l'enfant, en présence d'Auguste si ému qu'il ne put dire que oui. Elle et moi, nous nous écrirons jusqu'à la mort de l'une de nous. Nous sommes liées par l'enfant. Nous resterons associées à toi.

Ce petit être, Auguste et moi, nous le chérirons pour vous deux. Blanche pense qu'elle aura une fille qu'elle veut prénommer Neige.

Quant à toi, je t'implore de ne pas plonger en tes ténèbres. Que le Ciel te protège maintenant et à jamais.

Adieu,

Eugénie Dénommé

~

Blanche, nettement plus calme, pose ses lèvres sur la lettre.
— Merci, ma douce et fidèle Eugénie. Je t'aime.

Christophe sort son portable, photographie les deux feuillets. Il textera en fin de soirée à Julien les découvertes de la veille et du jour.

— I am in peace with myself now, souffle James à Christophe.

— Presque, lui répond Christophe.

Blanche convient que la lettre d'Eugénie a précédé de quelques jours la rédaction du poème par James. Ils avaient devant eux la cause et l'effet.

Toutefois, Blanche se souvient que son amie rougissait un peu durant les deux années de fréquentation entre James et elle. Elle s'amusait de susciter cette petite compétition entre elles jusqu'à l'arrivée d'Auguste, un colosse dans le décor. Eugénie correspondait avec lui.

Blanche avait compris que sa camarade, loin de s'être découvert un homme par défaut, avait trouvé meilleur parti. Elle lui laissait en cadeaux les tourments du cœur et du corps.

Christophe écoute Blanche et ses confidences. Les images lui viennent à l'esprit tel un long travelling de vidéo-clip.

En fin d'après-midi, il l'embrasse sur le front pour lui signifier qu'il doit s'en retourner à Gaspé.

C'est sur du Liszt que Christophe quitte en douce la maison. Elle sait pertinemment qu'il reviendra prendre un repas dans la prochaine quinzaine.

~

Trois-Montagnes, ce 21 mars 2021

Julien, la veille, avait reçu un texto de Christophe les conviant en réunion familiale sur Skype.

Neige fait montre de rien, mais elle est fébrile. Elle se doute bien qu'il a visité Blanche. Il est 19 h et elle a demandé exceptionnellement un whisky à son mari. La verveine, ce sera pour l'après-Skype.

L'ordinateur de Neige effectue une mise à jour, ce qui a le don de l'irriter.

— Ça survient toujours à des moments inopportuns.

Neige saisit son portable et envoie un texto à Christophe, déjà connecté sur Skype. Finalement, l'application s'ouvre. Christophe voit sa mère qui sourit timidement et son père assis derrière elle qui agite la main.

— Bonsoir, maman, bonsoir, Julien.

— Bonsoir, fiston.

Neige tapote le genou de Julien pour lui signifier qu'elle mènera l'entretien.

— Quoi de neuf chez Blanche ?

— Un poème de James et une lettre particulière.

— Que dit le poème ?

— James approuve l'adoption, mais personne n'a reçu ce texte.

— Et la lettre, par qui fut-elle écrite ?

Pour l'instant, Christophe sent qu'il ne peut pas trop se perdre dans les détails.

— Maman, l'auteure de la lettre est nulle autre que ta mère adoptive qui présentait ses adieux à James et qui honorerait la promesse faite à Blanche d'adopter l'enfant à venir. Eugénie a imposé sa volonté à Auguste.

Julien étreint Neige pour la rassurer et la protéger. Elle embrasse son mari sur la joue.

— Chéri, je gère. Bas les pattes.

Christophe explique le fait que Blanche avait trouvé le poème qui l'avait rendue furieuse, qu'elle lui avait téléphoné, mais que James lui avait aussi soufflé de visiter sa grand-mère pour l'aider. L'animateur culturel pressentait un autre document caché par le piano.

— Vraiment, mon beau Christophe, tu m'épates. Oui, tu sembles avoir une connexion spéciale avec mon père biologique. Je t'envie. Mais tu as aussi le romantisme de ton grand-père Tadeusz.

— Maman Neige, si tu n'avais pas ouvert ton cœur à C. P. 530, nous n'en serions pas là non plus. On forme une équipe solide.

Neige, émue, envoie des bisous à Christophe.

— Je vous transférerai les deux documents pris en photo sous peu. Archivage Binocz, juste au cas où Blanche ne les détruise dans un accès de fureur.

— Ah ! Comme ça, j'ai aussi une bonne influence sur mon fils ?

— Tu as toujours été un excellent père, même si parfois un peu stressant.

Neige rigole du ton désinvolte de Christophe. On s'envoie des bises avec les mains, ce qui clôt cet entretien en ligne.

∼

La fille décide de téléphoner aussitôt à Blanche, interrompue dans sa séance de piano du soir. Silence de la pianiste.

— Maman, vous êtes là ?

— Oui.

Puis s'amorce un échange sur les trouvailles récentes. Toutes deux conviennent de leur étonnement.

— Bel ange tordu que ce James.

— En effet, ma fille. C'est le moins que l'on puisse dire. Ça devait faire partie de son charme qui tenait de l'envoûtement.

Les deux femmes parlent aussi de l'aveuglement causé par la jeunesse et l'amour fou. Blanche s'avoue vaincue, mais apaisée tout de même, du moins s'il est possible de l'être en de pareilles circonstances. Eugénie, la mère adoptive, aura bénéficié du meilleur du pianiste et de son amante, soit le bébé.

Quant à Neige, elle comprend que la créativité, la solitude et la capacité d'introspection lui viennent de Blanche et que son côté terre-à-terre lui provient au contact de sa mère adoptive, Eugénie, et de cette chère Sofia, sa belle-mère si colorée.

En fait, Neige remercie la vie de la présence de ces femmes et des retrouvailles avec Blanche.

Puis, elle invite sa mère à cesser de se torturer avec le devoir et le cours du destin. Le passé est derrière soi, seul le présent compte.

Elle remercie aussi le Ciel de la présence complice de Christophe avec ses grands-parents.

Les femmes se taisent quelques secondes, puis on croit entendre un « Farewell, sweet daughter » dans le combiné, avant le dernier bisou.

Neige retourne calmement à son roman et Blanche à un *Nocturne* de Chopin. James contemple sa belle promise de sa bergère vert émeraude au tissu moiré. Dans ce fauteuil, William y lisait du John Keats aux soirs d'hiver, alors que le vent hurlait aux fenêtres.

~

Vancouver, ce 21 mars 2021

Entre deux documentaires, Simone procède à un autre projet qui lui tient à cœur. Son frère aîné Philippe lui manque. À partir de photos dénichées par Christophe et avec la complicité de leur père, sans oublier de petits films réalisés par Tadeusz quand ils étaient gamins, elle est en train de constituer un diaporama des jours heureux de Philippe avant l'arrivée fulgurante de la schizophrénie.

Sur l'un des films, Julien tempête parce que les enfants se font un malin plaisir à se lancer dans les tas de feuilles d'érable en octobre. Neige rit aux éclats et encourage les enfants à poursuivre leur jeu.

Elle trie les photographies, les assemble et procède à des essais. Philippe aimait porter du rouge. Christophe s'habillait en bleu et Simone en vert. Certains clichés sont plus nets, d'autres plus flous. Elle a presque terminé.

Demain, la clef USB partira direction Trois-Montagnes.

∼

Trois-Montagnes, ce 26 mars 2021

Neige ouvre son courrier. Sur un carton, elle peut y lire :

Chère Neige,
Sur cette clé USB, tu trouveras un diaporama de notre cher Philippe d'avant la débâcle. Ceci est l'œuvre du collectif Julien, Tadeusz, Christophe et Simone.
Grosses bises depuis Vancouver,

Simone

La romancière et traductrice insère la clef USB dans son ordinateur.

Sur une photo, Philippe tient sa mère et sa sœur par les épaules, pendant que Christophe joue une ballade polonaise apprise de Tadeusz.

Neige fait défiler le diaporama dont la fin est un bisou envoyé par Philippe du bout des doigts. Ainsi, avec toutes ces photos, elle pourra varier son fond d'écran.

Elle se rapprochera du Philippe d'avant les jours d'ennui.

Neige se dit qu'une accalmie lui provient de Julien et de leurs enfants, tout comme elle a procuré réconfort et douceur à sa mère naturelle. En fait, les jours et les destinées ne sont pas constitués de lignes droites, mais de jeux d'ombre et de lumière, de zones accidentées et dénivelées, ce qui rend le parcours d'autant plus fascinant.

Elle tend la main, saisit son portable pour envoyer un message sur WhatsApp à Simone, puis un texto de remerciement à Julien et à Christophe.

Puis, elle téléphone à Tadeusz. Il reconnaît la voix de Neige. Elle lui exprime sa gratitude pour son apport créatif. Il sanglote au bout du fil.

— Notre doux Philippe vit encore en nos cœurs, ma chère Neige, a-t-il juste le temps de lui dire avant de raccrocher, trop pris par l'émotion et les souvenirs.

~

Cette nuit-là, Julien a le sommeil quelque peu agité. Neige pose sa tête sur l'épaule de son homme dont le souffle reprend un rythme régulier. Son corps n'a plus de soubresauts.

En rêve, il sort de la maison, va s'asseoir au bord de la rivière sur un banc en cèdre construit par les oncles Jakub et Florian, qui a la patine des ans, en passant d'un blond blanc à un gris terne. Christophe l'a verni un été sur deux, puis il a laissé agir l'action des saisons.

Julien contemple la rivière. Il a l'image d'un enfant devenu jeune adulte, grand, élancé, cheveux bouclés châtains. De la main droite, il invite Philippe à lui tenir compagnie. Les deux hommes se sourient. Le père est ravi de voir l'image d'un fils en santé, même s'il ne s'agit que de son esprit. Il le sent en harmonie avec ce lieu.

— Papa, merci de conserver cette image d'un garçon heureux. Je t'aimerai toujours.

Neige allume la lampe sur la table de chevet. À son grand étonnement, elle constate un sourire de contentement esquissé et le ruissellement d'une larme sur les joues de Julien.

Au matin, Julien se souvient de son rêve. En fin de repas, il lance à son épouse.

— Philippe nous aime…

Neige comprend alors le sens de l'observation du sourire en plein milieu de la nuit.

~

Trois-Montagnes, ce 28 mars 2021

Neige a une idée farfelue qui lui passe par la tête, celle d'écrire à son père James. Elle sort un crayon, un bloc-notes, met des mots repères, des balises de sens.

— Mais cela a-t-il justement une pertinence quelconque, écrire à un disparu, un étranger si familier ?

Si sa mère reconnaît des traces de filiation via la tête polaco-écossaise de Christophe, Neige ne peut le nier en regardant la copie de la photo de James au piano à l'Hôtel Donahue. C'est Christophe tout craché.

Pendant une heure, elle tente en vain, mais les mots ne s'alignent pas, n'émanent pas de sa paume. Ça n'a pas la fluidité des sons quand Tadeusz joue du violon avec son petit-fils au piano. Ça n'a pas la vérité ni la force des films de Simone. Cette filiation Binocz coule avec parfois ses tourbillons et ses remous, mais elle coule assurément telle la rivière derrière la maison.

Neige s'interroge sur James. De fait, elle ne peut que lui être reconnaissante d'avoir les arts au cœur en double, soit par lui et par Blanche, ces dispositions artistiques étant présentes aussi chez Simone la cinéaste et Christophe l'animateur culturel, musicien et photographe.

Pour le reste, basta ! Elle détache lentement les feuillets du dessus du bloc-notes et les chiffonne pour les balancer dans la corbeille. Elle allume le poste radio. Elle entend Michel Rivard et Fabienne Thibeault qui interprètent *J'ai planté un chêne* de Gilles Vigneault. Elle fredonne : « J'ai planté un chêne au bout de mon champ. Perdrerais-je ma peine ? Perdrerais-je mon temps ? »

~

Valcourt Valley, ce 28 mars 2021

Christophe boit le thé chez Blanche. L'heure bleue survient encore tôt. Soudainement, la main droite du jeune homme se met à trembler. Blanche lui retire la tasse.

— I need your help, son. Give me your hand.

Elle aussi a entendu l'appel de James. Elle sort du papier et un stylo bleu.

— Christophe, respire profondément. Ne cherche pas à comprendre. Avec James, tu passes du clavier au papier.

La main s'agite avec une graphie familière qui n'est pas la sienne, mais qu'il reconnaît, soit celle de la lettre-testament et du poème. Blanche veille par-dessus l'épaule de son petit-fils.

~

Dear beloved Neige,

Tu ne parviens pas à m'écrire, tu ne sais pas comment t'adresser à moi, ce père si lâche, si fourbe qui a abandonné sa compagne enceinte. Il me semblait avoir fait pour le mieux à l'époque. Je ferais autrement aujourd'hui, mais il est trop tard.

On dit qu'entre deux maux, on choisit le moindre. Je suis parti pour ne pas avoir à vous infliger mon alcoolisme, mes pertes soudaines de contrôle, mes jours qui tournaient en cieux de tempête quand les vents ramenaient à Rivière-du-Loup les vagues du fleuve grugeant la berge, quand l'azur confond le littoral en flocons fous et en grêle qui vous fouettent le visage et vous masquent le lointain.

Ta mère, à cause de mon départ, a renoncé à l'enseignement. Elle a toujours aimé les enfants. Elle aurait pu faire aussi une grande concertiste, en dépit de sa timidité maladive. Elle avait le talent, le goût du dépassement. Je n'étais qu'un amateur à côté d'elle et de sa maîtrise de l'instrument.

À mille feux, je me suis brûlé tel un papillon ivre de lumière qui tournoie un soir de juillet autour d'une lampe à l'huile. Il se brûle, se consume partiellement et termine son vol sous le croc du chat de la maisonnée. J'ai eu une très belle carrière musicale, mais j'ai raté ma vie d'homme.

Salue et prends dans tes bras ce cher Tadeusz avec qui j'ai joué à Montréal. Suggère-lui de le faire avec Christophe quand cela est possible.

Parlant de mon petit-fils, ne sois pas jalouse du lien que j'entretiens avec lui. Ça ne s'explique pas. Nous pensons et réagissons aux mêmes choses. Ce sont mes sons quand j'entends par ses mains.

Puissent les humbles talents de tes parents rejaillir sur toi et les tiens !

Warmest regards !

James Fraser

~

Trois-Montagnes, ce 29 mars 2021

Neige reçoit un texto de Christophe.

— Salut, maman, lettre de James pour toi prise par moi en écriture automatique hier. Il t'aime et comprend tes sentiments contradictoires à son égard. Les deux feuillets sont déjà dans tes courriels.

Elle ouvre la boîte de réception et voit la lettre datée d'hier d'une même graphie légèrement tremblante.

Elle l'imprime pour l'ajouter au dossier familial en précisant que Christophe a servi de channeling. Sur son portable, elle le remercie. Ce dernier ferme les yeux et voit sa mère embrasser la signature de James avant de ranger la lettre. Julien la lira au retour du travail, mais il l'entend déjà dire…

— Avec les Dénommé-Fraser, il y a toujours de la magie.

À Gaspé, Christophe ferme ses dossiers à l'ordinateur. Une ombre passe à l'écran, puis il sent une étreinte rassurante le temps d'un refrain.

— Good job, son. Merci infiniment.

L'étreinte se desserre et il sent une fierté, celle d'avoir calmé son grand-père et sa mère, d'avoir été un pont pour aider au rendez-vous de l'écrivaine et du jazzman parti trop tôt, sans avoir eu le temps de s'expliquer. Christophe a la certitude que les liens demeurent et persistent, malgré le silence et les incompréhensions. Ainsi va la vie, ainsi vont les saisons.

~

Vancouver, ce 1ᵉʳ avril 2021

Simone longe la côte, pas très loin de chez elle. Elle aime marcher comme Duras le faisait le matin ou le soir sur les plages normandes. Elle veut faire diversion à ses projets habituels qui lui prennent la tête avec toutes les misères du monde.

Cette fois-ci, elle a convié quelques amis, peintres, danseurs, mannequins-comédiens à déambuler, à rire, à se tenir par la main et la taille, juste pour le plaisir d'être là, présents au monde dans une aube nouvelle.

Elle reçoit un texto de Christophe comportant un « Good Morning, Beauty ! » avec des notes de musique.

— Chris, arrête de faire le con, je suis en train de placer une scène avec des amis pour un court métrage, répond-elle.

— Salut, Simone, je ne t'ai pas écrit ce matin, réplique-t-il.

— Message en anglais avec des notes de musique. Est-ce un de tes colocataires ? demande-t-elle.

Christophe précise qu'il est dans sa voiture et qu'il vient à peine d'arriver au travail.

— Blague du 1er avril de la part de notre grand-père James qui te salue tout de même.

Simone rit. Elle réplique à son frère.

— Ah ! Ah ! Très drôle. Bonne journée.

Elle envoie le texto, donne ses indications et reprend le tournage.

~

Valcourt Valley, ce 6 avril 2021

Chère Neige,

Le printemps tarde ici à arriver. Le nouveau propriétaire de mon ancienne maison m'a envoyé des photos du jardin. Tout est fleuri. Son épouse et les gamins n'ont touché à rien. Ils trouvent le lieu exquis. J'avais prévenu Monsieur Samuel sur l'histoire de la maison et que si tout élément suspect survenait d'allumer chandelles, de se balader bougeoir à la main et de balancer des poignées de sel. Mais j'avais bien convié les âmes tourmentées à voir ailleurs si j'y étais.

Semble-t-il que tout est calme en cette maison qui fut un long purgatoire, c'est-à-dire une maison d'attente.

Ici, l'hiver est très long, mais j'ai les deux pianos, mes partitions et mes livres. Ils me suffisent amplement pour meubler le temps.

Je bénéficie des visites de Bernard Lacasse, ami de James et voisin, du cousin Charles et de Christophe. D'ailleurs, ils s'entendent maintenant comme larrons en foire, puis il y a James qui veille dans la maison et William entre les grands mélèzes. Ce lieu est mien, maintenant. J'espère que l'été prochain, Julien et toi, vous viendrez passer une fin de semaine.

Ça briserait quelque peu ma routine pianistique que d'entendre la mélodie de vos voix.

Blanche

~

Trois-Montagnes, ce 8 avril 2021

Chère Blanche,

Je me réjouis à l'idée que vous replantiez vos racines dans le terroir de vos origines et, comble de bonheur, James consent à être votre prisonnier.

Selon Christophe, James aurait joué un tour à Simone en utilisant l'appareil de fiston pour envoyer un mot de salutation humoristique à Simone en plein tournage qui a retourné son frère comme une crêpe. Il est vrai que Simone retient de sa grand-mère Sofia. Elle a sa gouaille. L'heure juste est vite donnée, sans l'ombre d'un doute.

En effet, ce serait bien sympathique de vous rendre visite. Nous pourrions cuisiner ensemble. Cousin Charles et Christophe pourraient se joindre à nous. Pour l'instant, je ne vous promets rien. Gardons en mémoire ce projet.

À suivre. Je vous embrasse.

Neige

~

Valcourt Valley, ce 12 avril 2021

Blanche reprend les fragments de roman envoyés par Neige. Elle trouve que l'amertume du début s'en est allée et que le texte a gagné en finesse et en douceur. Tout se lie, se réconcilie comme le nénuphar à sa mare, comme le jonc à sa rive. Les oiseaux se posent, le nid se fait et la vie reprend, féconde.

~

Trois-Montagnes, ce 15 avril 2021

Au souper, Neige livre les nouvelles des derniers jours à Julien qui fait tourner le pied de sa coupe.
— Arrête, ça m'énerve, tu le sais.
Julien se met à la complimenter et Neige sait pertinemment que ces mots sirupeux sont le préambule à une demande singulière.
— Qu'est-ce qu'il y a, chéri ?
— Ma douce, tu sais que nous prenons peu à peu de l'âge.
— Comme tout le monde.
Neige devine qu'il sera question de Sofia et Tadeusz, puis de Blanche. Il est tellement prévisible, juste par son langage non verbal. Elle prend une feuille format papier légal et dessine trois maisons : la leur, celle de ses beaux-parents et celle de Blanche, puis elle trace des flèches descendantes.

Sous leur maison, elle inscrit Simone (plan A) ou Pierre et Rose (plan B), sous celle de Sofia et Tadeusz, elle note Julien (enfant unique), et sous celle de Blanche, elle écrit Christophe (plan A) et les deux fils du cousin Charles (plan B).

Par la suite, elle rédige un nota bene, notre maison : testament fait ; M. & Mme Binocz : aborder la question, mais avec risque de bouffer le balai de Sofia, dossier Julien ; maison de B. Boisjoli : notaire Binocz doit prendre entente avec la cliente, si elle le veut bien, mais sans contrainte aucune.

Julien lit le document avant que Neige ne s'empresse d'en faire une boulette qu'elle projettera dans le feu crépitant. Neige passe un coup de fil à sa belle-mère et à Blanche, toutes deux étonnées d'entendre…

— Bonsoir, ici Neige. Comment allez-vous ? Veuillez de grâce contacter Maître Julien Binocz pour affaire pressante, dit-elle avant de raccrocher.

— Merde, Neige, je vais passer pour quoi auprès d'elles ?

— Pour un beau salaud, un arriviste sans classe, préoccupé du temporel plutôt que de la noblesse des sentiments. Ta mère saura te faire remarquer ton manque évident d'éducation. Prépare-toi à recevoir la gifle de ta vie. Tu l'auras méritée.

— Et ta mère ?

— Elle réagira en bonne couventine qu'elle fut : ordre, savoir, rigueur. Elle t'aura vite pardonné.

Sofia rappelle Julien pour l'engueuler et s'inviter dans la prochaine heure avec son père afin de lui montrer les bonnes manières. Julien fulmine et harangue Neige avec son mécontentement.

— Tu vois dans quel pétrin tu me places ?

— Holà, Julien ! Assume ton besoin intrinsèque de gérer la vie des autres comme s'ils étaient des putains de dossiers. Que Sofia te savonne bien la bouche !

— Je vais me doucher, suggère-t-il.

— Change de chemise. Parfume-toi un peu. Ça créera une meilleure ambiance.

Neige se calme en préparant un plateau pour le thé et en insérant un CD de Barbara.

∼

Valcourt Valley, ce 15 avril 2021

Au même moment, Blanche pense intensément à son beau-fils, autant à l'homme qu'au notaire. Pour tout démêler, les tenants et les aboutissants, elle lui écrira deux courriers distincts. On ne mélange pas les partitions. Elle utilisera du papier mauve pour le personnel et du papier ivoire pour les questions juridiques, parce qu'on en revient aux choses sérieuses avec les gens de loi. On ne s'en sort pas. On doit passer par leur prisme mental.

Elle commence par le plus agréable. Papier mauve à être envoyé à Trois-Montagnes…

Cher Julien,

Très cher beau-fils. J'espère que vous vous trouvez en de bonnes dispositions spirituelles, puisque les biens de ce monde tournent comme nous tôt ou tard à la ruine et à la poussière.

Selon vous, qu'est-ce qui importe le plus ? Voyez cette parabole tirée d'un fait vécu. Un matin. Par un matin d'été, je passais seule devant Notre-Dame de Paris. J'étais là au milieu des touristes, mais sans carte aucune. À l'époque, je marchais dans la Ville-Lumière au radar. Nul besoin de me guider ni de me tenir la main pour connaître mon trajet.

Or, je tombai sur un Canadien anglais de Vancouver blasé. Nous nous sommes salués. Il contemplait la Seine et je l'imaginais chutant dans les eaux bistre. Symboliquement, je voulais le retenir de ce geste fatal. Pourtant, je savais très bien que je ne pouvais freiner son élan, s'il avait l'intention de passer à l'acte. Il m'expliqua ses séjours en alternance entre l'île de Vancouver et l'île Saint-Louis, deux cadres idylliques pour cuver sa mélancolie, me direz-vous. Il se disait agnostique, indifférent à tout, atteint d'un cancer. La maladie l'appelait selon lui au néant. Il avait exprimé le souhait à ses proches de voir ses cendres répandues comme une pluie fine sur la Seine, au même endroit. Faut le faire, tout de même, pour un agnostique, je lui soufflai à la blague…

— Vous avez le sens du décorum pour un type voué à rien, au noir total.

Il me répondit par une simple grimace, puis en me faisant la moue. Nous discutâmes ensuite des oiseaux, des fleurs, du ciel bleu et des bateaux-mouches bondés de touristes hilares qui ratissent le fleuve.

Une fois détendu, je lui offris d'aller boire un café à une terrasse. Il accepta mon offre amicale. Nous marchâmes en silence. Nous étions bien. Une terrasse tranquille se trouvait à deux minutes de là. Dans l'attente de nos cafés, il grilla nerveusement une cigarette, puis une deuxième.

— Mon médecin me donnerait un coup de règle sur les doigts, s'il me voyait.

— Vous êtes majeur et vacciné depuis longtemps contre les maladies infantiles.

Ce qui le fit sourire.

Vous voyez, je me perds dans les détails. Je me rends à Rimouski pour revenir vers Montmagny.

Me voilà à lui demander enfin… Roulement de tambour, Julien…

— Selon vous, dans un courrier, à quoi doit-on porter attention ?

Mon compagnon de terrasse mima la réception de courrier. Il sortit justement une enveloppe d'une poche intérieure de sa veste. Il passa un index, jaugea l'écriture, tourna l'enveloppe au verso pour découvrir la provenance et l'identité de l'expéditeur. Il demanda au garçon de café un couteau à beurre. Celui-ci s'empressa de le lui apporter. La lame trancha le rabat. De l'enveloppe, il en extirpa une lettre.

— Je dois apporter attention au message de la lettre. Donc, la lettre prime sur l'enveloppe.

— Bonne réponse, l'ami. Votre corps dont on dispersera les cendres au vent et à l'eau, c'est l'enveloppe qui relaie le message et la lettre, c'est votre âme que vous devez chérir et soigner.

— Merci, ma sœur, répondit-il en me toisant vêtue en noir.

— J'ai eu des religieuses comme enseignantes et je fus institutrice dans une école tenue par elles, mais je suis une laïque.

Il paya la note, puis regagna son poste d'observation devant Notre-Dame, mais cette fois-ci avec un sourire aux lèvres.

Bonne réflexion…

Grosses bises à Neige et à vous,

Blanche Boisjoli

Blanche cachète cette enveloppe. Elle passe au papier ivoire. Elle sort le courrier de l'étude de Julien concernant le testament de James.

Elle téléphone à un prêtre catholique et à un pasteur anglican des alentours. Ceux-ci se montrent disponibles pour aller prendre le thé chez elle à 17 heures précises. Ils signeront au bas du document à titre de témoins. D'ici là, elle aura suffisamment de temps pour rédiger deux exemplaires de la pièce administrative, démarche à laquelle elle doit se résigner tôt ou tard. Aussi bien faire face à la musique séance tenante.

Testament

Je soussignée, Blanche Boisjoli, domiciliée chemin des Mélèzes, à Valcourt Valley, côté Québec, présente ses dernières volontés.

Ainsi, je lègue ma maison à Christophe Binocz, fils de Julien Binocz et de Neige Dénommé, à condition qu'il conserve comme patrimoine familial le piano droit de James Fraser et mon piano à queue et qu'il conserve en bon état le boisé côté Maine, boisé constitué surtout de mélèzes et de cèdres de l'Est.

Je lègue à Simone Binocz, fille de Julien Binocz et de Neige Dénommé, la somme de trois cent mille dollars pour qu'elle puisse ouvrir sa maison de films indépendants, à condition que cette société porte le nom de Sofia & Tadeusz.

Mes vêtements, bijoux et livres pourront être remis à Neige Dénommé. Qu'elle me pardonne d'avoir favorisé ses enfants à son détriment, mais son cœur de mère m'appuiera bien volontiers.

Toutes les partitions de musique, les miennes et celles composées par James Fraser doivent impérativement rester dans cette maison.

Par contre, Christophe Binocz pourra, s'il le veut, ouvrir la maison en vue d'y tenir des concerts de musique classique et de musique jazz, en accord avec les autorités. Cette maison pourrait être à la fois sa demeure et un lieu de diffusion artistique.

Signé à Valcourt Valley, Québec, ce 15 avril 2021.

Blanche Boisjoli

Témoins

William Moreau, prêtre
Archibald Ferguson, pastor
Paroisse Ste-Agnès en agonie
Par. St. Mary of The Lilies

~

Saint-Jérôme, ce 20 avril 2021

Julien, à son étude, épluche son courrier. Il remarque aussitôt l'enveloppe envoyée de Valcourt Valley. Il parcourt le testament de Blanche. Les bras lui en tombent. Il téléphone à Neige, surprise d'avoir si tôt en matinée un appel de son mari.

— Oui, Julien, qu'est-ce qu'il y a ?
— As-tu parlé à Blanche, ces derniers jours ?
— Juste l'appel du 15 avril. Tu étais présent.
— Elle lit dans mes pensées, cette sorcière.

— Du respect, on parle de ma mère.

Neige termine vite la conversation en lui rappelant d'être très discret sur le lien de parenté. Julien acquiesce.

~

Trois-Montagnes, ce 20 avril 2021

Le jour même, Julien donne congé à Madame Jubinville, sa secrétaire. Dans sa voiture, Julien tempête en textant qu'il rentrait plus tôt à Neige. Celle-ci lui rappelle de passer par le bureau de poste.

Au bout de vingt-cinq minutes, Julien gare sa voiture grise et entre au bureau de poste.

Madame Flaherty lui tend un paquet d'enveloppes envoyé par l'éditrice de Neige et une enveloppe lavande.

— C. P. 530. Elle ne change pas ses habitudes, souligne Madame Flaherty.

— Comme vous le savez, la mère naturelle de ma femme est déménagée à Valcourt Valley.

— Je connais. J'ai de la famille dans ce village partagé entre le Québec et le Maine. Le curé Moreau est mon cousin. Sa mère était une Flaherty. Il y a aussi l'ex-policier Bernard Lacasse qui est un cousin de mon mari. Salutations à Neige.

— Je n'y manquerai pas.

Julien se dit au fond que Blanche aura toujours été entre deux mondes, entre les racines déracinées puis reprises et l'exil, entre les eaux du fleuve, entre Kamouraska et Rivière-du-Loup et les collines boisées de l'intérieur, celles du comté de Témiscouata.

À son arrivée, le kir est servi et Neige s'impatiente d'avoir des nouvelles de Blanche par personne interposée. Julien dépose le courrier des admiratrices de Neige sur la table de cuisine. Neige s'en chargera demain matin. Elle lui tend l'ouvre-lettre avec un grand sourire. Il grimace. Il se met à lire la lettre avec la parabole de l'enveloppe et de son message. Le notaire en est soufflé. Il donne la missive à Neige pour archivage familial.

— Et alors, tant qu'à brusquer les autres, qu'est-ce qu'il contient, le testament de ma sorcière de mère, soit la femme que tu adulais la semaine dernière ?

— Top secret. Éthique professionnelle.

— Julien, je me fous de ton éthique de confidentialité. Tu parles ou je te mets de la pression via Sofia ? C'est à prendre ou à laisser.

— Bon, on se calme. Blanche te léguera ses vêtements, bijoux, babioles de France ; Christophe héritera de la maison en autant qu'il honore la mémoire de James Fraser avec la possibilité d'en faire un centre musical ; Simone recevra 300 000 $ pour fonder une maison de production cinématographique avec l'obligation d'y apposer le nom de mes parents.

— Mais c'est génial. Christophe voit James dans sa soupe et Simone adore tes parents.

Neige et Julien se promettent de ne rien dire aux enfants. Le notaire signale à son épouse que l'un des témoins est le cousin de Madame Flaherty et que Bernard Lacasse est le cousin du mari de la maîtresse de poste. Neige rassure Julien sur le fait qu'un prêtre se fait plus discret qu'un notaire de campagne.

— La vie s'amuse bien avec toi, mon beau Julien. Il y a Sofia et Tadeusz qui t'ont vertement sermonné, et aujourd'hui, c'est au tour de Blanche de te tacler par son histoire devant Notre-Dame.

— Je l'ai mérité. Je te le concède, mais j'ai voulu bien agir.

— En bon homme de loi compétent que tu es… Mais il ne faut pas que ces considérations matérielles tintent les liens entre nos enfants et les grands-parents.

Juste avant de leur resservir un kir, Neige tapote la joue droite de Julien.

— Ce que j'aime chez toi, mon époux, c'est que l'homme de droit brillant cohabite de plus en plus avec l'homme de cœur.

Neige sort deux feuillets et un bon stylo qui sait courir sur le papier sans faire de pâté.

— Après ce deuxième verre, tu seras bien inspiré, si tu le veux bien.

~

Trois-Montagnes, ce 20 avril 2021

Chère Blanche,

C'est votre gendre qui vous écrit à l'invitation de Neige, nettement plus sage et tempérée que je ne le serai jamais.

Je vous prie de m'excuser pour l'appel impromptu du 15 avril dernier fait par votre fille. Je l'avais agacée par mes points de vue bassement matériels, ce qui l'avait irritée. Pour me narguer, elle avait communiqué avec vous et Sofia.

Une heure plus tard, je recevais les remontrances de ma mère assistée de mon père qui s'exclamait ainsi : « Mais c'est quoi ces manières ? Tu veux nous tuer avant l'heure ! »

Loin de moi l'idée d'abuser de votre bonté, le notaire en moi voulait prévenir des débats juridiques interminables et coûteux.

Je suis fils unique dans ma famille. Dossier clos selon mes parents. J'ai même eu droit à une gifle de mon père avant qu'il ne me prenne dans ses bras.

Merci de votre sollicitude à l'égard de Christophe et de Simone. Cela respecte l'élan créateur et artistique de James et le vôtre, interrompu dans votre envol. En fait, votre rapprochement auprès de votre fille et vos dernières volontés sont des actes réparateurs. Je n'ai et je n'aurai rien à critiquer à ce sujet personnellement. Neige approuve votre démarche.

Nous serons muets à ce propos auprès de nos enfants.

Puisse le Ciel vous permettre de jouer des années encore vos mélodies.

Rose, la sœur de Neige, a retrouvé dans une malle des croquis, des dessins de la main de Philippe, notre fils. Il y aurait aussi des peintures.

Ainsi, Neige aimerait que notre maison devienne une galerie d'art au nom de Philippe Binocz. Neige élabore le projet avec Rose qui en deviendrait la directrice générale et la conservatrice. Des ateliers de dessin et d'art-thérapie pourraient aussi s'y donner.

Quant à Neige et moi, nous songeons à acheter un petit chalet à Oka avec vue sur le lac des Deux-Montagnes. La maisonnette est bordée de deux grands pins et tout est en fleur.

Voilà, tout est bien qui finit bien.

Permettez-moi de vous faire un baisemain à la manière sophistiquée de Tadeusz, mon père.

À bientôt et merci.

Julien

~

Valcourt Valley, ce 26 avril 2021

Chère Neige,

La lettre de Julien me réjouit au plus haut point, car Julien a compris l'appel du cœur. Les liens sont tout ce qu'il nous reste au fil du temps. Toutefois, nous restons libres de les maintenir, de les resserrer ou de les détendre.

Dans notre mythologie familiale, il est normal que nous soyons plus près de certaines personnes que d'autres. On n'y peut rien.

Évitons le plus possible les coups de gueule et les boutades. Demeurons ouverts au dialogue, élément essentiel à tout équilibre.

Je ne vous retiendrai pas plus longtemps.
Avec tendresse,

Blanche

~

Vancouver, ce 1ᵉʳ mai 2021

Simone s'est réveillée ce matin-là en ayant une idée folle « Réunion de famille ». Elle passe un coup de fil à Neige qui exulte.
— Vraiment, ma fille. Quelle excellente idée !
— Maman, ça doit être dans l'air. Mais je sens qu'on doit mettre en valeur notre fibre artistique chez les Dénommé-Binocz-Fraser.

La cinéaste explique le modus operandi. Derrière Neige, une peinture de Philippe serait installée. Tadeusz filmerait quinze minutes Neige en train d'écrire, pendant ce temps, Sofia lirait le texte en cours d'écriture. Neige pourrait en reprendre quelques lignes pour former un écho.

Neige aurait à filmer et à enregistrer Tadeusz jouant *Missing You!* au violon.

À Valcourt Valley, Blanche dans une robe noire, perles au cou et châle de Sofia aux épaules, aurait à jouer des pièces de Mozart pour conférer une note lumineuse.

Pour clore le tout, Blanche filmerait Christophe improvisant un air de jazz sur le piano de James.

Simone s'occuperait du montage final.

Déléguée par Simone, Neige procède vite à une tournée téléphonique auprès des personnes concernées dans le projet. Tout le monde accepte de bon cœur.

Le soir même, Neige présente le projet du court métrage à Julien qui ne peut camoufler son insatisfaction.

— Pierre, Rose et moi, on fait quoi dans ce projet ?

— Rose fera un montage sur chevalet de deux peintures complémentaires de Philippe, soit des fleurs de notre jardin et des fleurs de sa cour.

— Donc, Pierre et moi ?

— Pierre veut être l'assistant de Tadeusz pour enregistrer et filmer ici. Quant à toi, tu feras les poussières, le café, etc.

— Bref, je serai en coulisses, dans l'ombre des artistes.

Neige sait très bien que Julien sera celui sur qui elle pourra compter le jour du tournage. Elle lui sert un kir, ce qui le calme en moins de deux minutes.

~

Valcourt Valley, ce 5 mai 2021

Le tournage a lieu sans anicroche à Trois-Montagnes, chacun affairé avec Pierre, Rose et Julien pour tout installer, voir aux éclairages adéquats et à la prise de son. Pierre filme Tadeusz, mais pour tout le reste, Tadeusz régit le tout en chef d'orchestre, selon les indications précises de Simone via Skype.

Du côté de Valcourt Valley, Blanche a tenu à filmer Christophe en premier. Puis, au moment de passer au tour de Blanche, Christophe perçoit une ombre grise. Il sait James assis à sa droite, puisqu'il n'a pas cessé de lui dire comment jouer, ce qu'il a suivi à la lettre. Il entend Blanche chuchoter et agiter son bras gauche.

— Dégage, Marthe, tu n'es pas la bienvenue en ce moment. Repasse plus tard.

— Blanche, qui est-ce ?

— Ah, c'est James qui déconne !

— Non, grand-papa est ici.

— Mon garçon, tu fabules. Pas d'autres entités dans les parages.

Christophe sent qu'elle ment effrontément et hausse les épaules pour marquer son doute. Sa grand-mère exécute trop lentement Mozart.

— Trop neurasthénique comme jeu. Mozart, c'est de la joie, à part son *Requiem*.

Blanche n'apprécie guère d'être contrariée. Elle se doit d'être parfaite en toute circonstance. Elle sourit un peu faux, puis se lance dans une interprétation impeccable techniquement, mais sans âme, comme si le cœur n'y était pas. Le cinéaste en herbe cache sa déception. Toutefois, les images sont très belles et la captation sonore n'a pas fait défaut.

Juste avant de partir, Christophe déclare sur un ton espiègle...

— Salue Marthe pour moi !

— Sors d'ici, lui crie-t-elle.

— Blanche, personne dans la famille ne m'a crié par la tête. As-tu la conscience tranquille ? Je suis vraiment outré par ta conduite. Tu as certainement tes raisons.

Elle balbutie des excuses, alors qu'il est sur le seuil de la porte.

Il part avec l'équipement sans se retourner. Blanche s'en veut tellement de cet emportement soudain.

Marthe effleure Blanche, présence angoissée pourtant si peu menaçante.

— Madame la pianiste, tu devras leur dire tôt ou tard, tout dévoiler. Mon pardon est à ce prix.

Puis l'ombre de Marthe se dissipe vers la forêt des mélèzes. Blanche se demande bien si les remords du passé cesseront un jour de venir la hanter.

Gaspé, ce 6 mai 2021

Christophe téléphone à sa mère pour lui parler du tournage et de la conduite étrange de sa grand-mère.

— Il y a quelqu'un de son passé qu'elle veut contraindre au silence, on dirait. Ça te dit quoi, fiston ?

— Je crois que Marthe serait Marthe Boisjoli, sœur rivale de Blanche. Elle dispose de beaucoup de fantômes dans son armoire. Une véritable troupe.

Neige trace sur papier un triangle Kamouraska/Rivière-du-Loup/Valcourt Valley, Neige suppose que sa mère n'a pas ramené cette entité de France et que cette tante est liée à la zone délimitée. Une histoire non résolue entre les deux sœurs ferait en sorte que Marthe revienne ni plus ni moins jouer dans les plates-bandes de Blanche et de James.

— Maman, Julien a des contacts aux Archives nationales du Québec et les Boisjoli semblent avoir été une famille influente dans la région. Il y existe certainement une trace à ce sujet.

— Excellente idée. Je mets ton père sur l'affaire. Ça lui fera du bien de jaser autour d'une bière avec ses trois copains de collège devenus archivistes. Deux sont à Montréal et un travaille à Québec. Mon doux Christophe, je ressens que James, ton grand-père, te préparera la voie. Demande-lui son aide, car il en a plus que marre de voir sa fiancée se faire du mauvais sang.

Mère et fils mettent fin à la conversation.

~

Trois-Montagnes, ce 6 mai 2021

Julien, de retour du travail, s'approche de Neige en train de traduire. Elle termine un paragraphe, sauvegarde le texte. Elle lit sur le portable de son mari :

— Salut, Julien. Merci pour Marthe – archives. Love, C.

— Que préparez-vous sans que j'en sois informé ?

— Nous croyons que Blanche nous cache une sœur dont elle a honte.

Neige résume la crise de sa mère à l'endroit de leur fils et l'hypothèse émise.

— Ma belle-mère fréquente les esprits et les amis imaginaires. Ma femme est aussi séduisante que créatrice et notre beau Christophe joue au devin.

— Tu contacteras tes amis archivistes.

— Je passerai pour un hurluberlu auprès d'eux.

— Mais non. Plein de gens font des recherches en généalogie. Contacte celui de Québec, car c'est plus près du Bas-Saint-Laurent et sans compter que beaucoup de citoyens de cette ville ont des proches vivant dans l'est du Québec.

— Je dirai que c'est pour une recherche testamentaire.

— Tu vois comme tu collabores bien quand tu veux.

Neige prend le portable de son mari et répond à Christophe…

— Ton père vérifiera aux archives à Québec. De ton côté, sors tes antennes. Consulte James. Bisous. Neige.

Puis, elle envoie le message.

Julien secoue la tête, un brin découragé par les extravagances intuitives des siens.

Quant à Neige, elle ressent que Christophe et elle brûlent d'être si proches d'une réalité qui se montrera sous peu au grand jour. Blanche n'a pu réagir aussi promptement sans qu'il n'y ait anguille sous roche.

« Patientons, le loup se montrera le museau dans la clairière », pense-t-elle avant de s'en retourner à sa traduction.

~

Rivière-du-Loup, ce 10 mai 2021

Christophe s'est rendu dans cette ville pour se procurer deux projecteurs et un clavier électronique pour son centre culturel de Gaspé.

Il sort du magasin, avance péniblement, dépose le matériel dans sa voiture, démarre, tourne à gauche, longe l'ancien monastère des Moniales Clarisses. Sa vitre est baissée. Il apprécie le vent frais venu du fleuve. Il n'est pas pressé. Il gare sa voiture le temps de griller un cigarillo, assis sur le capot de sa voiture.

— Fraser, entend-il.

Le jeune homme se tourne vers un octogénaire qui va vers lui.

— Oui, Monsieur.

— Êtes-vous un Fraser ?

— Je suis un Binocz par mon père et un Fraser par ma mère.

— Et James Fraser, le pianiste de jazz ? s'informe-t-il en regardant le clavier à l'arrière du véhicule.

— Mon grand-père. Je suis Christophe Fraser-Binocz. Et vous, Monsieur, à qui ai-je l'honneur de parler ?

— Docteur Léon Boisjoli.

— Et Blanche Boisjoli, ça vous dit quelque chose ?

— Ma regrettée sœur.

— Elle vit encore. Vous êtes mon grand-oncle, c'est fabuleux.

Christophe prend le vieil homme dans ses bras. Ce dernier est comblé d'avoir le passé qui lui revient comme une vague léchant les galets et les herbes folles de la berge.

— J'habite juste en face. Allons prendre une bouchée et le café chez moi.

Le jeune musicien accepte, mais s'excuse de prendre une minute, soit le temps d'envoyer un texto à son père…

— Julien, à Rivière-du-Loup. Trouvé Dr Léon Boisjoli, frère de Blanche. Autres infos suivront. Love. C.

Léon fait entrer son petit-neveu dans sa demeure bourgeoise. Dans le corridor menant vers la cuisine et la salle à dîner, Christophe s'attarde sur une galerie de portraits.

— Ici, mes parents, l'honorable Thomas Boisjoli et Berthe Surprenant. Mon frère aîné Hubert, un artiste charmant qui rapportait des cadeaux de Boston et de New York, une photo des deux jumelles mortes au bout de sept jours. Notre père les a ondoyées juste avant leur dernier souffle. Moi, gamin à 15 ans, puis les jumelles Blanche et Marthe. Elles étaient talentueuses, toutes les deux, complices, jusqu'à l'arrivée de James dans notre famille.

Christophe sort son portable pour saisir tout le monde en photo.

— Marthe était jalouse du bonheur de sa sœur.

— C'est en plein cela.

Les deux hommes se dirigent vers la cuisine. Léon réchauffe de la soupe pendant que Christophe rédige un autre texto. Soudainement, le silence se charge de sanglots chez le grand-oncle.

— Reprenez votre souffle, puis racontez-moi ce dont vous vous rappelez.

Le vieil homme inspire lentement, le temps que les images remontent en surface.

∼

Nous sommes à Rivière-du-Loup en 1960 dans cette maison, Blanche venait de confier la petite Neige à Auguste et Eugénie Dénommé, un couple vraiment bien. Elle ne pouvait pas choisir mieux comme parents substituts. Eugénie était la meilleure amie de Blanche. Vous devez être déjà au courant, jeune homme.

— Oui, je sais. Continuez.

Blanche était de passage à la maison. Elle prévoyait de partir pour la France afin de chasser la mélancolie. Vivre une peine d'amour et le détachement d'une enfant, c'était beaucoup en même temps à intégrer. Pour notre mère, l'histoire de l'accouchement était déjà chose du passé. Pour notre père pragmatique aussi. Malgré le départ précipité de James en pleine nuit après son dernier numéro, nos parents étaient disposés à reprendre le dialogue avec lui. Par contre, au deuxième jour, Marthe échangea des mots durs avec Blanche.

— Tu rates tout, ma sœur Blanche. Tu n'es plus la première de classe, on dirait.

— Ta gueule.

— Tu aurais pu enseigner avec les sœurs jusqu'à un mariage distingué, sans t'amouracher des boucles rousses d'un pianiste de jazz.

— Tais-toi, Marthe, sinon je te fais avaler ta langue de vipère.

Les insultes ont repris de plus belle, sans que notre mère ne parvînt à les calmer. J'étais le témoin de leur rivalité exacerbée. Un véritable torrent d'injures déferlait.

— Je te dirai tout ce qui me passe par la tête. Enfant, tu décidais de tout, de nos lectures, de nos jeux. J'étais ton souffre-douleur et tu te méritais les éloges des sœurs et les compliments de maman. Je n'étais qu'un faire-valoir, ta jumelle, née à la traîne trois minutes après toi. Je t'aime et je te hais.

Blanche s'était mise à crier :

— Tais-toi, malheureuse, corneille aigrie, femme dénuée d'attraits. Tu es moche, Marthe. M'entends-tu, moche, moche, moche !

À ces mots, Marthe s'est emparée d'un couteau. Folle de rage, elle a foncé sur Blanche. Celle-ci a fait deux pas de côté. Marthe la gauche trébucha ici où je me tiens à l'instant, mais sa main droite tenant le couteau accrocha le comptoir au moment de la chute. La main se tourna. Elle tomba et la lame appela le sang. Le couteau suivit une trajectoire fatale avec une pointe plantée en plein cœur.

Une mare d'un rouge sombre macula la robe fleurie de la défunte et le carrelage actuel en mosaïque noir et blanche. Notre mère a fermé les yeux de Marthe. Puis, elle gifla Blanche. L'empreinte de la main lui resta jusqu'à l'arrivée de notre père du bureau de comté. De son côté, la bonne avait prévenu un médecin et les policiers. Notre père fit vite procéder aux obsèques de Marthe. Les scandales ne sont jamais souhaités en politique. Notre frère Hubert n'a même pas eu le temps de revenir de Boston où il jouait au théâtre.

Notre père furieux chassa Blanche le lendemain des funérailles en lui remettant un chèque. Voilà ce dont je me souviens.

∼

— Blanche, votre sœur, n'est restée en contact qu'avec votre cousin Charles Boisjoli qui vit ici, à Rivière-du-Loup. Elle porte le noir depuis la mort de sa jumelle. Elle vit à présent dans la maison de feu William Fraser et de James Fraser à Valcourt Valley, Québec.

Christophe prend avec la permission de son hôte une photo du vieil homme qu'il transmet à Julien et à Neige avec ce mot…

— Salutations de l'oncle Léon.

Une double réponse apparaît sur le portable de Christophe.

— Bises de votre nièce, Neige.

— Merci à la vie pour nos retrouvailles, Julien.

Juste avant de quitter, Christophe laisse les coordonnées de ses parents et les siennes. Il conseille à son grand-oncle de ne pas tenter de contacter sa sœur pour l'instant. Il cogite une solution pour rétablir le pont fragilisé.

— Merci infiniment à vous, Christophe Fraser-Binocz.

À ces mots, Christophe prend spontanément son parent en une chaleureuse étreinte. Le vieil homme est ravi d'être tombé par hasard sur le descendant de James et de Blanche.

∼

Saint-Jérôme, ce 12 mai 2021

À contrecœur, Julien consulte ses courriels, il y trouve un article déniché par son ancien camarade de collège aux archives à Québec. Il s'agit d'une notice nécrologique, celle de Mademoiselle Marthe Boisjoli, décédée accidentellement, etc. Les membres de la famille sont énumérés. Ça concorde très bien avec les dires de l'oncle Léon. Julien transfère le courriel à Neige et à Christophe avec ce commentaire.

— Vraiment, vous êtes de fins limiers, mes amours. Très fier de vous deux. À suivre, Julien.

~

Trois-Montagnes, ce 14 mai 2021

Neige visionne le diaporama des photos de la famille de sa mère. Les grands-parents prenaient une pause solennelle. Elle suppose que les photos furent prises dans un studio juste après une élection.

Monsieur Boisjoli arbore un visage impassible, le regard fier, fixant droit devant l'objectif de la caméra comme s'il en avait à découdre avec un nouvel adversaire. La bonne avait bien empesé le col de la chemise. Aucun faux pli et aucune mèche rebelle n'étaient permis.

Pour Madame Boisjoli, un large chignon mettait en évidence ses grands yeux noirs et ses joues saillantes. L'oncle Hubert possédait la douceur maternelle dans ses traits. Il devait être un excellent comédien, autant à l'aise à livrer du Shakespeare que du Molière.

Que dire des jumelles ? Des gisants d'enfants dans un couffin. Un oreiller bordé de dentelle complétait la mise en scène, triste scénographie.

Léon posait fièrement. Son avenir serait incertain, futur séminariste ou médecin. Neige ne saurait le dire en fixant ce visage d'adolescent distingué.

Puis, Neige passe à la photo des deux autres jumelles, Blanche et Marthe. Elles feignent la complicité pour masquer une rivalité latente. Marthe regarde sa sœur de travers. Blanche s'est placée légèrement en avant de sa sœur pour marquer en douce une préséance. Les deux sœurs étalent un large sourire de jeunes femmes émancipées, cultivées, raffinées. Neige note toutefois que Marthe n'a pas le même éclat dans les yeux que Blanche, comme si quelque chose était éteint chez Marthe et qu'elle se savait perdante d'avance. L'écrivaine devine que Blanche recevait des prix, qu'elle était celle dont on voulait être l'amie, alors que Marthe était la dernière invitée dans les fêtes. C'était celle qui ne pouvait s'envoler, car ayant les ailes plombées par la présence trop forte de l'autre. Marthe devrait s'éloigner pour apprendre à voler, mais la vie en décida tout autrement. Une fin tragique mit fin abruptement à ses jours passés à l'ombre de Blanche. Les jeux de l'enfance firent place à la rivalité de l'adolescence. Neige posera en temps opportun des questions à l'oncle Léon et à sa mère, si le temps le permet…

∼

Gaspé-Valcourt Valley, ce 16 mai 2021

Christophe passe un coup de fil à sa grand-mère qui bafouille à nouveau des excuses.

— Blanche, le 22 mai, je passerai la journée avec toi. Invite Charles, je veux qu'il soit présent. Ce sera jour de fête.

Blanche s'était étonnée de la joie soudaine de son petit-fils.

— Ah, j'oubliais. Porte une jolie robe à pois.

— Pourquoi ?

— Parce que le noir, c'est pour le deuil et le concert. Nous n'assistons pas non plus à une soirée.

— D'accord, je verrai bien.

Valcourt Valley, ce 22 mai 2021

Ce matin-là, Blanche enfile une ancienne robe marine à pois blancs. Elle lui va encore comme un gant comme aux jours d'avant. Elle décore la salle à manger d'une nappe colorée de deux chandeliers et de porcelaine anglaise.

Puis, le cousin Charles et Christophe arrivent presque en même temps. Elle les accueille à bras ouverts. Elle leur sert du thé odorant et des scones dégoulinant de beurre et de marmelade.

Assis au piano, James se réjouit d'avance de la surprise, tandis que le fantôme de Marthe s'agite derrière sa sœur affairée.

— On s'assoit, grand-maman, et on prend une grande inspiration.

Christophe sort d'une serviette en cuir un dossier contenant les photos de la famille Boisjoli. Elle pâlit et craint de défaillir. Charles lui saisit la main. Son pouls s'accélère.

— Ça va bien aller, cousine.

— Père, mère, ce cher Hubert, les jumelles, ce bon Léon…
Elle marque une pause par un silence.

— Moi et cette pauvre Marthe avec qui j'ai été bien injuste. J'aurais tellement voulu réparer nos différends.

— Charles, pourriez-vous répondre à la porte ? Notre invité arrive.

Blanche se retourne et voit son frère Léon qui lui sourit. Les deux pleurent de joie. Le cousin Charles et Christophe applaudissent. Une fois les larmes séchées, Léon explique sa rencontre à Rivière-du-Loup avec le jeune homme.

— Ah, mon coquin. C'est pour mon frère que je devais porter une robe vintage, souligne-t-elle en passant sa main sur la joue de Christophe.

Ensuite, Christophe joue *Missing You!* au piano de James pendant que les autres refont connaissance. James pose sa paume gauche sur la nuque du pianiste pour marquer sa joie. Une fois la pièce jouée, Christophe regagne la tablée. Ses mains tremblent. Blanche lui fournit papier et crayon.

~

Le jeune homme écrit un message d'une graphie soignée d'étudiante sage :

Ma sœur, le temps des deuils est terminé. Il te faut vivre au grand soleil pour nous deux. Qu'importe qui avait raison, qui avait tort ? Je serai toujours ton double. Renoue avec notre famille.

Je m'en retourne vers nos parents, les jumelles et Hubert. Je les embrasserai pour toi.

Regagne la lumière du jour et laisse les ténèbres à la nuit. James t'aime toujours. Tu le sais. Embrasse Léon et Charles pour moi. Salue Neige. J'aurais aimé la connaître.

Au revoir, Marthe.

~

Le jeune médium pose le crayon sur la table. L'entité apaisée lui effleure les épaules pour le remercier, puis Marthe étreint sa jumelle avant de quitter la demeure. James, toujours assis à son piano, sourit de contentement.

~

Vancouver, ce 25 mai 2021

À la suite des découvertes de Christophe, Simone passe un coup de fil à une amie qui enseigne à l'École Nationale de théâtre du Canada, sise rue Saint-Denis, à Montréal, soit au nord du Quartier latin, l'ancien quartier estudiantin de l'époque du poète Émile Nelligan.

Cette professeure fait vite une recherche sur Hubert Boisjoli ayant joué au Monument national sur le boulevard Saint-Laurent, mais connu surtout aux États-Unis. Un enregistrement de trois minutes est trouvé, où le grand-oncle déclame une longue tirade de *Cyrano de Bergerac*. L'amie duplique l'extrait et l'envoie en fichier compressé dans un courriel à Simone.

La cinéaste compte utiliser l'extrait sonore au début et à la fin de son documentaire familial pour montrer que les talents se transmettent d'une génération à une autre. C'est là sans aucun doute le plus beau legs qui soit, la plus belle trace.

D'ores et déjà, l'Office national du film en veut une copie pour ses archives. En outre, des organisateurs de courts métrages s'intéressent à diffuser à leur tour ce projet.

Simone croit qu'elle peut aller de l'avant avec ce projet qui se veut ni plus ni moins un hommage à sa famille. Tout un chacun en est ravi. Comment pourrait-il en être autrement ?

Il lui arrive vers minuit d'entendre…

— Good job done, young lady. Je suis fier de toi.

Elle se plaît à penser qu'elle aussi sent la présence bénéfique de James le pianiste, à l'instar de Christophe. Elle n'a jamais cru que son frère fabulait pour attirer l'attention. De toute manière, il est un grand livre ouvert et n'a aucune malice en lui ni intérêt à conserver quoi que ce soit par-devers lui.

~

Rivière-du-Loup, ce 25 mai 2021

L'oncle Léon hume les lilas de sa cour, puis entre se préparer du thé. Le temps est gris et le vent qui lui parvient du fleuve rend l'air frisquet.

— Ça sent la pluie, pense-t-il.

Il décroche un instant les portraits de ses sœurs Blanche et Marthe, d'Hubert et le sien. Il les pose au milieu de la table. Il se transporte dans les années 50 dans la maison paternelle qu'il occupe de nos jours.

Hubert levait fièrement la tête, se regardait longtemps dans un miroir sur pied pour corriger ses expressions faciales, pour pratiquer ses maquillages comme si sa grande chambre était à la fois sa loge et sa scène. Le comédien répétait ses textes. Léon pouvait à l'occasion lui souffler un bout de réplique le samedi matin.

Blanche officiait au salon avec ses partitions étalées, vêtue d'une belle robe empruntée à même les placards de leur mère. Marthe la coiffait et lui tirait par jalousie à l'occasion une mèche de cheveux, petite note discordante.

Leur mère se réjouissait de cette effervescence culturelle. Léon révisait ses déclinaisons latines et apprenait par cœur des dates de faits historiques.

Quant à Marthe, elle se bouchait les oreilles, aussi naturellement talentueuse au piano que sa sœur, mais paresseuse pour l'étude. Elle tentait de lire et de s'imaginer belle dame auprès de laquelle les hommes seraient en pâmoison. Leur mère la ramenait vite à la réalité, en lui rappelant qu'elle pouvait bien aider la bonne à mettre la table ou à laver la vaisselle, pendant que l'autre domestique était affairée à coudre les boutons d'une chemise ou à cuisiner un repas. Il fallait laisser le rêve aux artistes et ne pas déranger l'élève studieux. Pour Marthe, elle devait se rendre utile en toute humilité.

Marthe devait s'estomper, ne pas briller, sauf par sa manie obsessionnelle de frotter l'argenterie chaque dimanche après-midi. Comme récompense, elle avait droit à l'ébauche d'un sourire de la part de Madame Boisjoli. Quant au député, il avait trop à penser, à lire et à décortiquer. Bref, il brillait par son absence, même présent dans la maison. Il donnait du compliment à Hubert et à Blanche par formalité. Il serrait la nuque de Léon en guise de geste affectueux et ne donnait rien à Marthe, à peine le temps d'un clignement d'œil ou d'un soupir d'exaspération.

À son tour, Marthe se murait dans un silence obstiné. De fait, l'amertume et la mélancolie étaient ses meilleures amies.

Léon se souvient qu'il remplissait le rôle ingrat de trait d'union entre les membres de la famille. Il encourageait, soutenait, écoutait, mais personne ne lui demandait comment il allait. Les parents se réjouissaient de ses bonnes notes. À lui de trouver sa voie, ce qu'il fit en devenant médecin généraliste.

Puis, le vieil homme replace les cadres dans le même ordre. L'ancienne chambre d'Hubert a été transformée en salon. Le thé refroidi sera bien apprécié par les fougères majestueuses sises à gauche et à droite du grand miroir sur pied.

L'horloge grand-père sonne l'heure de la sieste pour Léon.

~

Trois-Montagnes, ce 25 mai 2021

Neige referme son roman qui avance vite et bien. Elle en est satisfaite et Blanche lui donne une rétroaction après la lecture de chaque chapitre. Elle ne s'attendait pas à cette complicité artistique, ce qui lui plaît. De son côté, Blanche connaît sa fille de l'intérieur via le choix des mots.

Avant de passer en ce début d'après-midi, Neige rédige un courriel destiné à Christophe. Elle place Julien et Simone en copie conforme pour éviter tout imbroglio et la répétition inutile qui gruge du temps.

Cher Christophe,

J'espère que le présent message te trouvera en bonne forme.
Mon intuition me dit qu'il nous reste une parcelle de James qui nous glisse, qui nous file entre les doigts.
Quant à Blanche, avec les circonstances du décès de Marthe, sa jumelle, le livre se referme par lui-même.

Restons en contact, veux-tu, toi et moi, avec l'oncle Léon que tu pourrais visiter aussi de temps à autre avant de te rendre chez ta grand-mère, je prendrai l'habitude de lui téléphoner une fois par semaine, question de couper son ennui.

Revenons à James. J'ai l'impression que son talent majeur était la musique, mais qu'un talent mineur le suivait de près. James n'arborait que ce premier talent. Toutefois, Blanche doit se rappeler d'indices, de traces.

Sois attentif.

De ta mère qui t'aime,

Neige

N. B. : Suivi à faire par courriel groupé. Merci.

Cinq minutes plus tard, Neige reçoit une réponse de son fils.

J'avais justement l'intention de me rendre chez Blanche dans les prochains jours. Léon, je le cueillerai au passage. Il en est avisé.

Il se peut qu'il se souvienne de quelque chose.

À suivre,

Love,

Christophe Fraser-Binocz

Neige sursaute en lisant la signature de Christophe se réclamant Fraser. Elle accepte cette évidence, car il est vrai que Christophe est à plus de 70 % physiquement Fraser. Elle ne peut le nier. Julien et Tadeusz l'ont constaté eux aussi.

Pour Simone, elle fait très Boisjoli avec en prime l'audace et l'humour de Sofia. D'ailleurs, Sofia encourage sa petite-fille à défoncer les portes, parce qu'elle est femme-artiste.

C'est maintenant le temps de passer à la traduction.

Rivière-du-Loup, ce 28 mai 2021

Le grand-oncle Léon, élancé, coiffé d'un chapeau à plume attend sur sa véranda Christophe qui ne saurait tarder. Le petit-neveu arrive lui aussi coiffé par pareille coiffure. Les deux hommes s'amusent de leur tenue vestimentaire un brin vieillotte.

Christophe montre des photos de la famille en partant de Tadeusz jusqu'à Simone. Léon est étonné de la ressemblance physique de la cinéaste avec Blanche et Marthe. Le jeune homme promet de le mettre en contact avec elle.

Durant le trajet, le chauffeur insère des CD d'Aznavour, de Brel, de Leclerc et de Piaf. Le passager opine de la tête pour approuver le choix musical.

— En plein dans mes cordes, garçon.
— Tant mieux, tonton.

Léon s'étonne de cette familiarité, en dépit du vouvoiement conservé. Puis la conversation dérive inévitablement vers les disparus.

— Je revois James qui notait tout, un mot, une rime en français et en anglais.

Christophe s'excuse, se gare cinq minutes le long d'une route secondaire et envoie une note à Neige.

— Coucou, maman. Salutations de tonton Léon qui vous embrasse, toi et Julien. Art mineur : la poésie. Love. C

Christophe reçoit aussitôt un texto de sa mère.

— Il y eut le poème sur son regret de paternité. À trouver maintenant des poèmes d'amour chez ma mère. Défi pour toi et l'oncle Léon. Bises, N.

Le conducteur ferme son portable, reprend le volant et présente les salutations de Neige à Léon.

Valcourt Valley, ce 28 mai 2021

Les deux parents parviennent à bon port. Blanche les accueille à bras ouverts, puis elle leur sert une limonade avant de leur montrer l'emplacement de la tombe de William Fraser. Une stèle en granit vient justement d'être posée au lieu précis.

Léon se met à parler de composition. Blanche décrit James qui avait toujours un crayon accroché sur le haut de son oreille droite. L'écriture des partitions était soit à la plume fontaine ou au stylo-bille, selon si une partition en était à sa version définitive ou en ébauche. Pour le crayon, c'était pour noter furtivement une idée, une image sur tout bout de papier qui traînait.

Blanche était de culture plus classique et littéraire. Le papier était à proximité, comme une seconde nature, comme si les sons avaient aussi besoin d'une pelure fibreuse pour évoluer avant de s'envoler dans l'air d'une pièce.

Christophe déplace les livres sur les étagères, feuillette nerveusement les partitions de sa grand-mère, mais ne trouve rien.

— Jeune homme, si tu veux faire les poussières, ne te prives pas, lui lance sa grand-mère, intriguée par cette curiosité soudaine.

— Garçon, les partitions de Blanche étaient en France. James n'a pas pu s'en servir à sa guise.

— Je vous adore, tonton Léon.

Christophe se tourne vers le piano de James. Des partitions de musique jazz dorment en piles sur le dessus de l'instrument. Il saisit la plume offerte par Simone. Il sent qu'il brûle et que les mots de James sont à portée d'iris. La plume frôle une partition légèrement décalée par rapport à sa pile. Il pose la plume et opte pour ce document.

Sa grand-mère a compris. Elle lui souffle…

— Christophe, notes et mots vont si bien ensemble.

Il retire cette partition, en ouvre la couverture, le titre en haut et les notes dans les portées furent écrits à l'encre de Chine. Blanche lui montre la plume-fontaine en question, puis un crayon dont la mine est bien arrondie.

— Voici les notes, garçon, constate Léon.

— James ne gaspillait rien. Il réutilisait tout, ajoute Blanche.

Christophe passe ses doigts sur le papier qu'il juge plutôt embossé. Il se revoit enfant, se faisant disputer par Neige qui lui disait...

— Si tu appuies trop fort sur le papier, tu passeras au travers de la feuille.

Le jeune homme se plaît à penser que James devait faire comme lui en écrivant au crayon. Donc, logiquement, si le papier était en relief, soulevé vers le recto, il devait écrire au verso de son papier à musique.

Christophe tourne les deux premières pages pour y découvrir deux poèmes de la main de James.

Je t'embrasserai

Quand fleur d'églantier
Aura fané en cet été
Quand branches de mélèze
Se seront dégarnies
De leurs épines
Et que ton chapeau
Se sera envolé,
Emporté par curieuse pie
Quand les brumes
Te feront châle
Quand tes lèvres
Seront gerçures
Je t'embrasserai

Si au bout du chemin

Si au bout du chemin
Je lâche ta main
Ne m'en veux pas

Si la bûche ne se consume pas
Dans le foyer au matin
Songe à la chaleur de mes bras

Si l'huile de la lampe
Venait à manquer
Dans le noir, danse quelques pas

Si ta haine venait à bout de tout,
Retiens les moments les plus doux,
Ne m'oublie pas.

Christophe constate bien que ce n'est pas du Racine, du Villon ou du Shakespeare, mais il perçoit tout de même de l'authenticité et de l'affection dans les mots de son aïeul.

— Je suppose que le jeune homme voudra immortaliser la trouvaille, lance le grand-oncle qui lui tend son portable.

Les deux poèmes sont d'abord pris en photo, puis deux autres clichés se font avec Blanche et Léon qui tiennent pour l'une une partition et pour l'autre un poème tracé par le crayon à mine plutôt grasse.

Blanche ne se souvenait plus de l'existence de ces poèmes.

Elle se rappelle maintenant que James lui écrivait des mots d'amour entre ses numéros de piano. Elle avait tout brûlé après son départ, du moins l'avait-elle cru, et l'amour lui revenait nu et pur, offert à l'arrière des partitions de James.

Christophe fait à présent le tour des partitions pour y trouver une bonne centaine de poèmes écrits dans un style plus soigné, moins minimaliste.

— Il y aurait de quoi produire un recueil de poésie maison, suggère Léon.

— Excellente idée, tonton.

Blanche acquiesce par un sourire. Christophe prépare un carton dans lequel il glisse les partitions de James. Elle comprend le travail fastidieux de transcription auquel son petit-fils s'attellera. Il lit à haute voix certains passages dénichés. Sa grand-mère rougit à certains vers.

— Lower the tone of your voice, son. Take your time, breathe deeply.

Christophe suit les indications de son grand-père.

— C'est fou, Blanche. Non seulement on a la réplique de James devant nous, mais je crois l'entendre.

Blanche se mire dans un miroir. L'octogénaire coquette voit couler son mascara sur ses joues. Elle n'avait rien à dire, si ce n'est qu'une vague d'émotion la submergeait. Léon tapote la main de sa sœur pour la rassurer.

∼

Vancouver, ce 30 mai 2021

Simone a été informée de concert par Neige, Julien et Christophe de l'existence des poèmes. Le montage de son court métrage étant terminé, elle n'a pas l'intention de modifier le tout. Toutefois, elle compte demander la participation de Christophe qui pourrait lire les poèmes de leur grand-père avant la présentation du film, comme une sorte de première partie, à l'Office national du film. Son frère est partant. Il sait que James sera à portée d'épaule pour guider sa performance.

Elle sait que les Dénommé, les Binocz et même les deux cousins d'Écosse pourraient être présents, en dépit de leur âge avancé.

Pour l'instant, elle doit démarcher des festivals pour ce film inclassable, à mi-chemin entre le film d'archives et une suite de prestations artistiques. La notoriété du grand-oncle Hubert au théâtre et celle de James dans le monde du jazz devraient faciliter le placement de ce film singulier dans les programmes officiels.

Elle s'amuse à penser qu'elle doit laisser Blanche rêver au piano, Neige écrire et traduire, Tadeusz et Christophe jouer de la musique quand ils ont la joie de se retrouver.

Simone a eu vent du roman en cours de sa mère, soit la transcription en fiction des retrouvailles entre Blanche Boisjoli et Neige Dénommé. Ce roman s'intitule *Je vous aimerai toujours*.

Elle voudrait ajouter son grain de sel. Son regard extérieur pourrait ajouter un éclairage nouveau à ces retrouvailles. Sofia l'appuie. Christophe saurait composer une trame sonore.

« Simone, il te reste une demande de subvention au Conseil national des arts à compléter. Trouve la lettre de soutien à l'École Nationale de théâtre du Canada en lien avec le grand-oncle Hubert. Allez, ma grande, au boulot... », pense-t-elle.

∼

Trois-Montagnes, ce 2 juillet 2021

Neige vient de poser le point final à son dernier chapitre. Elle enverra cette dernière mouture à Blanche qui, normalement, lui répond la semaine suivante. L'écrivaine laissera le texte reposer et, à la lumière des commentaires de Blanche, étoffera ou élaguera. Elle sait qu'elle possède une prose qui va à l'essentiel. Elle ne prise guère le verbiage inutile tant au quotidien qu'en écriture. Ce doit être aussi un trait de famille avec Blanche et ses plongées en silence en alternance avec ses montées en musique.

Simone a besoin aussi, comme sa grand-mère et sa mère, de ces temps de contemplation où l'esprit vogue et goûte le bruissement du vent dans la canopée.

Neige s'imagine parfois enveloppée d'une couverture, assise dans une chaise Adirondack au bout d'un quai avec comme horizon un brouillard matinal ou un coucher de soleil où le rouge, l'orangé et le rose valsent à l'horizon juste pour le plaisir du regard.

La romancière ressent une dépression d'un long mois après la fin de l'écriture d'un livre. Rien ne l'intéresse, rien ne la distrait. Seuls Julien et Christophe arrivent à lui dire des mots doux qui la font sortir la tête hors de l'eau momentanément. Les échanges par courriels avec son éditrice de Montréal ne la terrifient plus comme avant, lors du dépôt du premier recueil de nouvelles et du roman, mais le doute demeure toujours présent. Sera-t-elle une écrivaine populaire dans le sens de l'appréciation par le grand public ? Par contre, elle a toujours rêvé de devenir Yourcenar, mais sa prose dégarnie et précise serait quelque part entre Anne Hébert et Duras. Son éditrice lui avait conseillé de viser la durée, car la patience et la résilience sont des qualités essentielles à tout artiste qui se respecte.

Il faudra qu'un soir, elle aborde cette question avec Simone sur Skype. Créer dans la durée, autant pour satisfaire le besoin irrépressible et vital maintenant que pour inscrire dans un siècle donné sa « chambre à soi », en accord avec Virginia Woolf.

~

Valcourt Valley, ce 10 juillet 2021

Chère Neige,

Je termine à l'instant la lecture du dernier chapitre de ton roman. Tes deux personnages féminins ont su trouver une harmonie entre elles et ranger au placard fermé à clef la rancœur et les irritants. Rien n'est parfait entre une mère et sa fille, à plus forte raison, si elles ont été séparées l'une de l'autre.

Chacune doit respecter son rythme tout en conservant l'unisson.

Tu as misé sur leur parcours en parallèle. Il me vient en tête l'image des oies dans le ciel en octobre évoluant dans une formation en V. Un itinéraire est établi au fur et à mesure, selon les courants d'air ascendants et descendants. Le rythme du vol et la position des ailes semblent anodins, mais sont essentiels.

Merci beaucoup à toi pour la dédicace à ta fille et à moi. Cela me touche.

Dessine haut la main ton tracé littéraire. N'oublie pas de suivre ton instinct. Il sait plus que ta raison ce dont ton papier a besoin d'accueillir, au même titre qu'un pianiste place d'instinct ses doigts sur le clavier, selon une méthode apprise ou improvisée.

Tout doit couler comme les eaux de la rivière derrière toi.

Paix sur ton âme, ma fille.

Bravo pour ce nouvel opus !

Je t'embrasse,

Blanche

~

Valcourt Valley, ce 15 juillet 2021

Christophe a décidé de kidnapper, comme il se plaît à dire, l'oncle Léon. Juste le temps d'une semaine pour changer d'air. La semaine d'avant, Charles et ses deux fils avaient repeint l'extérieur de la maison, ce qui lui confère un air écossais, selon la suggestion de Christophe : murs extérieurs rouge framboise et cadres de fenêtres vert forêt. La maison gagne en éclat dans son écrin de verdure. Ce sera encore plus le cas sur fond enneigé.

Cette semaine, opération désherbage pour mettre en valeur les églantiers, les rosiers plantés naguère par William et le grand chêne de James. En après-midi, c'est farniente, sieste, thé et piano en soirée. La grand-mère et le petit-fils alternent leurs numéros, parfois jouent en duo, sous le regard complice de Léon, heureux de ces retrouvailles.

Christophe aime aussi créer des repas à partir des légumes de saison.

Un autre matin, nettoyage du sentier menant à la tombe de William. Christophe et Léon ont aménagé un coin de méditation et de lecture pour Blanche. Une source circulant en amont a été amenée vers ce coin de silence sous les mélèzes. Seul un pic-bois rappelle que le monde ne tourne pas toujours autour de Blanche. Elle pourra s'asseoir pendant des heures y réfléchir, à repasser dans tous les sens les moments de sa vie sans être importunée, si ce n'est que par James qui lui dira…

— Est-ce que tu m'accompagnes, darling, au jardin, car des roses viennent à peine d'éclore ?

~

Montréal, ce 17 juillet 2021

Soirée à l'Office national du film. Christophe a lu cinq poèmes inédits de James, puis Simone a présenté son court métrage familial devant un public ravi, tout en respectant une distanciation devenue la norme à présent dans les lieux publics.

Neige a cru noter avant le visionnement les murmures complices entre Blanche, Sofia et Simone.

— Ne fais pas cette gueule si elles ne t'incluent pas dans leur discussion, lui souffle Julien à l'oreille.

— Je ne boude pas, mais cela m'agace, répond Neige.

— Savoure cette belle soirée, chérie.

— J'essaie. Mais ça me chicote. Il se trame quelque chose.

Blanche avait demandé à Julien de faire diversion auprès de Neige, car il y aurait un élément à régler avant la tenue de l'événement. Julien, contrairement à son habitude, n'avait pas posé de questions. Il avait accepté d'entrer dans le jeu.

Une fois le visionnement effectué, la réalisatrice s'avance vers un micro afin de répondre aux questions des journalistes et de remercier le public présent.

Neige remarque la présence de son éditrice qui ne se déplace jamais pour des mondanités, sauf pour des lancements de livres. Les deux femmes se saluent.

Puis, Blanche lève la main.

— Félicitations, ma petite-fille, pour ce film émouvant. Serait-il possible de connaître ton prochain projet ?

Simone remercie les membres de sa famille pour leur participation. Elle déclare ses grands-mères Blanche et Sofia comme étant des sources de grande motivation, puis la cinéaste invite sa mère à la rejoindre sur scène. Cette dernière est étonnée.

— Julien, que se passe-t-il ? Je ne comprends pas.

— Va, ma belle. C'est à ton tour de lâcher prise, lui suggère-t-il en lui tapant un clin d'œil.

Neige se dirige vers la scène, gravit les marches, embrasse sa fille.

« Quelle est l'annonce, Simone ? », se demande l'écrivaine, plus habituée à être à la table de cuisine ou à son secrétaire pour écrire et traduire qu'à être sous les feux des projecteurs.

— Chère Neige, maman chérie, je viens de recevoir la bénédiction de ton éditrice ici présente.

— À quel sujet ? Qu'est-ce qu'il se passe ? Elle ne m'a rien dit.

Dans l'assistance, un léger rire se fait entendre. Tout le monde se doute bien de la suite et Neige feint de ne rien comprendre. Simone fait exprès d'étirer le moment de l'annonce. Christophe propose même à la blague de lire d'autres poèmes.

— Neige, je t'annonce que Blanche et Christophe travaillent déjà ensemble sur la trame sonore de mon prochain film.

Les deux musiciens saluent les spectateurs.

— Je tournerai à La Chute de la Mariée en France, à Rivière-du-Loup, à Valcourt Valley et à Trois-Montagnes.

— Ma fille, je ne suis que ta mère...

— Et une sacrée bonne écrivaine. J'adapterai au cinéma le roman *Je vous aimerai toujours* de Neige Dénommé ici présente qui traite de retrouvailles et des liens familiaux. Le film sera coproduit par Blanche et ton éditrice, Ludivine Houfflain. Nous devrions obtenir une subvention également.

Mère et fille bénéficient d'une salve d'applaudissements.

Blanche, vêtue de sa robe noire et d'un châle fleuri à la polonaise, les rejoint sur scène et enlace maintenant sa descendance créatrice.

Dans la salle, Sofia contemple la trame du destin.

Épilogue

Valcourt Valley, juillet 2026

Neige a accepté bien malgré elle l'invitation de Christophe à le visiter. Julien et Sofia se sont mis de la partie.

D'une part, il y a Sofia qui a vendu sa propriété, qui a remis son mobilier à ses neveux et qui est déménagée chez son fils et sa bru à Oka, et d'autre part, les instruments de Monsieur Binocz père qu'il faut remettre au petit-fils.

Bref, Neige a senti qu'elle n'a guère le choix. De toute manière, l'air de la campagne lui fera grand bien. Son trajet s'est effectué en écoutant de la chanson française. Elle ne sait que trop bien que son fils lui jouerait du classique sur le piano noir jais de Blanche et du jazz sur celui caramel de James. Sa mère eut par hasard l'idée de quitter sa vie le même jour et à la même heure que Tadeusz, comme si l'ancienne fille-mère et l'enseignant auprès des orphelins de guerre s'étaient donné rendez-vous devant la muraille d'un quelconque monastère pour un concert improvisé ou un temps de parloir.

Christophe a vu l'inhumation de Blanche aux côtés de James. Trop émue, l'écrivaine ne s'était pas déplacée. D'ailleurs, elle le regrette. Les seuls témoins furent l'oncle Léon et le cousin Charles.

Neige profitera de ces jours-ci justement pour écrire un roman sur la jeunesse de son beau-père. Les hommages sont rendus, pour ainsi dire. Vraiment, les histoires des autres la fascinent et la hantent. Elle a hâte de regagner aussi son propre imaginaire, mais elle sait que tout viendra en son temps.

Christophe lui a fait visiter la maison, les alentours, la forêt, les tombes de James et Blanche. Toujours énergique, Bernard Lacasse est devenu le bras droit de Christophe dans le maintien du centre culturel. Même quand il n'y a pas de concert ou de lecture de poésie, il passe ses soirées chez Christophe. Neige se plaît à ce plaisant voisinage. Elle écrit de jour, du moins elle le souhaite. Trêve de traductions pour dix jours.

Un lundi matin, elle s'installe cahier étalé, crayons aiguisés. Des mots se griffonnent sur le papier ivoire. L'écrivaine sent qu'elle ne parvient à rien, que tout se coince entre son intention et l'écriture si maladroite. La page est arrachée au bout de quelques minutes, déchirée, mise en boule, puis ce satellite encré est projeté contre le piano de James.

— Un peu de respect pour ton père et mon grand-père.
— D'accord, entendu. Je ne recommencerai pas, fiston.
— Je serai chez Bernard un bon deux heures. Nous devons finaliser une demande de subvention.
— Va, à tantôt. Dis-lui que nous l'attendrons ce soir pour le kir.

Christophe sourit. Il aime voir sa mère enjouée, cordiale. Bref, quand elle est moins coincée par l'échéancier d'un client ou d'un bon à tirer à retourner avant l'impression d'un livre.

Elle saisit un stylo vert de Blanche. La pointe glisse en marge du cahier. Neige le referme et le pousse devant elle. Puis une force le ramène vers l'écrivaine. Les pages sont feuilletées à son grand étonnement.

— Maman Neige, je suis sorti de la rivière de jadis.

Elle se frotte les yeux, incrédule. Il lui vient à l'esprit son garçon portant le gilet rouge des jours heureux.

— C'est toi, Philippe ?
— Oui, pour te dire que tu n'es en rien responsable de ma mort prématurée. J'étais malade et souffrant, sous le joug des voix obsédantes de jour comme de nuit.

— Mon fils, tu voulais t'en libérer, mais comprends-moi, je t'ai porté et aimé. C'est difficile de perdre un enfant, si tu savais à quel point c'est douloureux.

— Sois apaisée. Je vais bien. James, Blanche et William causent de toi sous les mélèzes. Ils sont heureux de te savoir ici.

Elle reprend le stylo vert, trace des arabesques, sans trop savoir pourquoi ni comment.

— Neige, ta main connaît le dessin caché dans les fibres du papier comme le sculpteur ressent les formes qui dorment dans le marbre.

L'artiste comprend alors qu'elle doit accrocher la raison à la patère de l'entrée et que seules l'émotion et l'intuition doivent primer en cet instant créatif. Une colombe en plein vol émane de ces courbes.

Christophe revient à l'improviste chercher un document oublié.

— Maman, c'est trop beau ce dessin. Tu dessines comme Philippe. J'adore. Continue.

La porte se referme. Philippe sourit de voir sa mère enjouée. Neige comprend enfin que le talent pictural de son fils aîné provient d'elle et que Rose, par ses encouragements, a favorisé le talent du disparu.

Les jours suivants, elle déniche de grandes feuilles et des sanguines dans un placard ayant appartenu au défunt, Christophe conserve tout, étant au fond un nostalgique. Ces sanguines et ce papier jauni sont des madeleines de Proust, des objets transitionnels par lesquels il conserve son frère auprès de lui.

D'après les propos de son beau-père, Neige esquisse sommairement le mur d'enceinte, le monastère des Ursulines, l'école et l'orphelinat.

Puis, elle brosse plus tard au fusain le portrait de Christophe en accentuant les traits plus proches des Binocz. Son fils est étonné du résultat. Il croit voir sous ce visage esquissé son grand-père paternel, celui qu'il a connu enfant.

Bernard est aussi ravi des dessins contemplés dans le cahier de l'écrivaine.

— Christophe, c'est trop bien pour en rester là.

— Voyons, ce ne sont que des croquis. Rien de définitif.

L'animateur culturel sort son portable, photographie les dessins de l'illustratrice novice et les transmet par courriel à l'éditrice de Neige, maintenant une proche de la famille.

— Magnifique ! Une splendeur !

Christophe montre le commentaire reçu de l'éditrice. Le portable de l'écrivaine sonne. Elle répond et rougit.

— Mais, je m'amusais.

— Neige, ça sent la vieille Europe, les années 30 et 40, tes dessins. Tu ne me dis pas non et tu me conçois un roman illustré.

— Si c'est que tu souhaites.

L'écrivaine termine la conversation, se secoue la tête.

— Merci, Messieurs.

— Fêtons, je vais chercher une bonne bouteille que j'ai chez moi. Je reviens.

Christophe texte la bonne nouvelle à Julien. Cela réconfortera Sofia de savoir que sa jeunesse et celle de son défunt mari vivront dans un roman.

— Maman, je te livre le message des esprits de la forêt. Tu as pardonné à tout le monde, sauf à toi-même. Philippe t'a intimée à dessiner. Maintenant, libère-toi de tes chaînes.

Christophe ouvre le cahier à la page où la colombe évolue. Il embrasse le dessin, puis Neige souffle sur l'oiseau pour que celui-ci prenne un véritable envol.

Œuvres musicales ayant soutenu l'écriture

Au piano, Jean-Michel Blais

CD *Jean-Michel Blais II*, Arts & Crafts, 2017
CD *Dans ma main*, Arts & Crafts, 2018
CD *Matthias & Maxime*, Arts & Crafts, 2019

∼

Dans la collection Nouvelles Pages

Cent papiers Sans pieds – Tiffany Ducloy
La voltigeuse de Constantinople – Laurent Dencausse
Le bal des vampires – Sébastien Thiboumery
Un aigle dans la ville – Damien Granotier
La tueuse de Manhattan – Pierre Vaude
Le Revenu Universel, Perpétuel et Éphémère – Didier Curel
Voyage au cœur des hémisphères – Dimitri Pilon
Rose Meredith – Denis Morin
Après elle – Amy Lorens
Dripping sur tatami – Hector Luis Marino
Evuit – Jean-Hughes Chevy
Marcher à contre essence – Oriane de Virseen
Tuée sur la bonne voie – Erell Buhez

Découvrez les autres collections de JDH Éditions

Magnitudes

Drôles de pages

Uppercut

Versus

Les collectifs de JDH Éditions

Case Blanche

Hippocrate & Co

My Feel Good

Romance Addict

F-Files

Black Files

Les Atemporels

Quadrato

Baraka

Les Pros de l'Éco

Sporting Club

L'Édredon

La revue littéraire de JDH Éditions

Venez découvrir les textes de la revue

**Textes et articles dans un rubriquage varié
(chroniques, billets d'humeur, cinéma, poésie…)**

Suivez **JDH Éditions** sur les réseaux sociaux
pour en savoir plus sur les auteurs,
les nouveautés, les projets…

Inscrivez-vous à notre Newsletter sur
www.jdheditions.fr
Pour recevoir l'actualité de nos nouvelles
parutions